晏殊词集
晏幾道词集

[宋] 晏 殊 著
[宋] 晏幾道 著
张草纫 导读

上海古籍出版社

图书在版编目（CIP）数据

晏殊词集·晏幾道词集/（宋）晏殊著，（宋）晏幾道著；张草纫导读.—上海：上海古籍出版社，2010.7（2025.10重印）
ISBN 978-7-5325-5646-5

Ⅰ.①晏…②晏… Ⅱ.①晏…②晏…③张… Ⅲ.①宋词—选集 Ⅳ.①I222.844

中国版本图书馆CIP数据核字（2010）第128116号

晏殊词集·晏幾道词集

［宋］晏　殊 著
［宋］晏幾道 著
张草纫 导读

上海古籍出版社　出版发行
（上海市闵行区号景路159弄1-5号A座5F　邮政编码201101）
（1）网址：www.guji.com.cn
（2）E-mail:guji@guji.com.cn
（3）易文网网址：www.ewen.co

发行经销　新华书店上海发行所
制版印刷　上海丽佳制版印刷有限公司
开本　889×1194　1/36
印张　8　字数 180,000
印数　31,601－32,900
版次　2010年7月第1版
　　　2025年10月第13次印刷
ISBN　978-7-5325-5646-5/I·2225
定价　25.00元

导　读

张草纫

二晏，是指宋代的两位大词人晏殊和他的儿子晏幾道。晏殊的词集名《珠玉词》，晏幾道的词集名《小山词》，合称“二晏词”。他们两人的词不仅在宋代名震一时，就是在整个词史上也占有很重要的地位。晏殊甚至被后世评论者推为北宋倚声家初祖，而晏幾道的成就更在其父之上。论者以为他精力尤胜，措词之妙，一时独步。

晏殊（991—1055），字同叔，谥元献，抚州临川（今江西省抚州）人。生于宋太宗淳化二年（991）。父亲晏固是抚州府的狱吏。晏殊幼时聪颖过人，七岁就能写文章，乡里号为神童。十四岁时，原丞相张知白到抚州来巡视，把他荐举给朝廷。经过廷试，赐予他同进士出身，并任命他当秘书省正字的官职。当时晏殊还只有十五岁，就进入了仕途。后来又升为集贤校理、太常寺奉礼郎，入史馆。

晏殊在史馆任职时，天下太平无事，朝廷准许臣僚到市楼酒肆去寻欢作乐或设帐宴游。晏殊由于家境比较贫寒，没有财力作高消费的游乐，常留在家中与弟弟讲习诗文。这时真宗帝正要为东宫太子选配官员，就选中了他，并向他说明选中的原因。晏殊回答说：我不是不喜欢游乐，只是由于贫穷，才没有去。如果我有钱，我也会去游玩的。真宗帝对于他能够说实话也很满意，因此任命他为太子舍人，知制诰。太子舍人是太子宫中与太子十分亲近的属官，这为他日后的升迁奠定了坚实的基础。那时晏殊年二十八岁。晏殊对真宗说他也会去游玩，倒确实是实话。因为在《珠玉词》中还保存着描写他当年参与宴游的词，如《迎春乐》："当此际，青楼临大道。幽会处、两情多少。"《诉衷情》："东城南陌下，逢着意中人。回绣袂，展香茵。叙情亲。"

公元1022年晏殊三十二岁时，真宗驾崩。太子继位为仁宗帝，才十二岁。真宗遗诏，由刘太后权听军国事，也就是由刘太后垂帘听政。由于晏殊是东宫旧人，他的职位不断迁升，由翰林学士、礼部侍郎，至枢密副使（掌管军事的副丞相）。

仁宗天圣三年（1025），在晏殊三十五岁时，由于上疏论张耆不宜为枢密使，触犯了刘太后。因为刘太后微寒时曾住在张耆家中，由张耆介绍给当时还是太子的真宗，后来真宗即位，刘氏就成了皇后。所以张耆是有恩于刘太后的，是刘太后所宠信的人。刘太后对晏殊的参奏很恼怒，但当时没有立即降罪于他。可能刘太后也考虑到晏殊是小皇帝手下的人，而且上疏论述张耆的缺点也算不上罪状。但隔了一年，晏殊犯了一个小错误。他在随从仁宗去玉清昭应宫时，从仆持手板来迟了。他在大怒之下，用手板击打从仆，击落了从仆的一颗牙齿，被御史参奏。刘太后就罢去晏殊枢密副使的官职，谪降为宋州（今河南商丘）知州。后人认为，根源还是在于晏殊去年弹劾张耆得罪了刘太后。

这次谪降，在晏殊的仕途上虽然只是一个小挫折，但对他的思想影响很大。他感到宦海浮沉，官场凶险，还不如随遇而安，得过且过，况且人生有限，应及时行乐。这种思想，不仅在他这一时期的作品里，即使在以后的创作中，也时常会流露出来。他在宋州，日以赋诗饮酒为乐，佳时胜日，未尝辄废。还与幕客王琪、张亢泛舟湖上，以官妓相随。他的《浣溪沙》词："红蓼花香夹岸稠。绿波春水向东流。小船轻舫好追游。　渔父酒醒重拨棹，鸳鸯飞去却回头。一杯消尽两眉愁。"最足以反映他当时的心态。另一首著名的《浣溪沙》词（一曲新词酒一杯），也是这一时期的作品。

不过，这仅是晏殊思想的一个方面。不能因此而认为他是一个庸庸碌碌、无所作为的官僚。他看到五代以来历经战乱，学校都废，就大兴学校，延聘范仲淹掌教生徒。

晏殊在商丘待了两年多时间，天圣六年（1028）他三十八岁时奉召回京，拜御史中丞，改兵部侍郎，翰林侍读学士，知礼部贡举，三司使（最高财政长官），改参知政事（掌管行政的副丞相）。知礼部贡举时，他选拔欧阳修为第一名。前次宋庠、宋祁考中进士时，礼部上报合格进士姓名，晏殊亦曾奉诏参与排列等第。所以宋庠、宋祁与欧阳修都拜晏殊为座师。宋氏弟兄虽甚显贵，但写了文章常手抄寄晏殊，请他修改润饰。这几年中，宋祁有不少与晏殊唱和的诗，可惜晏殊的诗已佚，词作也未能确定时间。

仁宗明道二年（1033），在晏殊四十三岁时遭到了第二次降谪，原因是他撰写的李宸妃墓志失实。李宸妃原先是真宗帝刘后的侍儿，由于刘后自己不能生育，命李氏去侍候真宗。结果李氏为真宗生了个儿子，就是后来的仁宗帝。刘后把这个孩子据以为自己的亲生子，宫中无人敢言。故仁宗不知道自己的生母是李宸妃。后来李宸妃去世，晏殊奉命撰写墓志。由于当时刘太后掌权，晏殊不敢明言李宸妃是仁宗生母。刘太后命令以宫人礼葬宸妃。宰相吕夷简对刘太后说，宸妃是仁宗帝的亲生母亲，这件事不可能永远隐瞒。将来仁宗帝长大后，一旦知道自己的生母遭到薄待，自然会怒不可遏，恐怕会对刘氏家族不利。刘太后省悟，于是改令以一品礼治丧，用太后的服饰成殓，棺中置水银，殡于洪福寺。一年后，刘太后亦逝世。皇族中在刘太后当政时未获重用的人乘机告诉仁宗，他的亲生母亲是李宸妃，还说李宸妃是被谋害死的。仁宗帝十分悲伤，亲自去洪福寺祭奠，而且要为宸妃另换棺柩。开棺后，仁宗见宸妃面色如生，冠服如皇太后，才不信宸妃被害死之说。仁宗对满朝大臣都不向他说实话非常生气，尤其对晏殊撰写的墓志极为不满，结果吕夷简、晏殊等七位大臣均被罢职降谪。后世民间故事《狸猫换太子》就是以此事为底本写成的，但其中许多人物和情节均属虚构。

晏殊被降谪以礼部尚书知亳州（今安徽省亳县），两年后迁知陈州（今河南省淮阳），一共经历了五年时间。这样无端被降谪，晏殊心里感到十分委屈。《能改斋漫录》记载，晏殊在从亳州调赴陈州的饯行宴会上，听到一个官妓在歌词中有“千里送行客”之语，十分恼火。对那个官妓说：我平生调任，未尝远离京都五百里，哪里有一千里呢？“千里”原不过是泛泛而言，晏殊如果对自己的迁谪并不介意，心中坦然，又何必迁怒于一个官妓，去斤斤计较“千里”与“五百里”呢？

在亳州和陈州时，晏殊常与欧阳修、宋庠等人互寄诗作唱和，可惜诗作已佚。欧阳修在《和晏尚书夏日偶至郊亭诗》中说：“知有江湖杳然意，扁舟应许共追寻。”宋庠在《和中丞晏尚书忆谯涡二首》中说：“不知鱼鸟思人否，曾费东山拥鼻吟。”可见晏殊当时对仕途深感失望，甚至已萌退隐之意。

仁宗宝元元年（1038）晏殊四十八岁时，又被召回汴京任御史中丞、三司使，历经枢密使直至加同中书门下平章事（掌管行政的丞相）、集贤殿学士兼枢密使。仁宗康定元年（1040），西夏元昊寇延州。晏殊荐范仲淹与韩琦为陕西经略安抚副使，并推行一系列改革措施，废除军队中以内臣监兵的体制，使将帅能主动根据敌情来决定攻守策略。又请从宫中拿出部分财物资助边防。其他部门冒领财物的，要追还国库统一调度。这些措施均产生了积极的效果，终于不战而使元昊降服称臣。这一时期晏殊的仕途达到了顶峰，他的心情自然也较为开朗。欧阳修在《和晏尚书对雪招饮》诗中说："自把金船浮白蚁，应须红粉唱梅花。"（晏殊原诗已佚）。宋祁在《和晏太尉西园晚春》诗中说："谢公今系苍生望，无复东山携妓时。"（晏殊原诗已佚）。晏殊自己在这时期所作的《木兰花》词中说："无情一去云中雁，有意归来梁上燕。有情无意且休论，莫向酒杯容易散。"《玉堂春》词说："小槛朱阑回倚，千花浓露香。脆管清弦，欲奏新翻曲，依约林间坐夕阳。"充分表现出他清闲快意、消遥自得的心情。

仁宗庆历四年（1044）九月晏殊五十四岁时，谏官孙甫、蔡襄参奏晏殊役使官兵修建自己的私第，因而被罢相，以工部尚书知颍州（今安徽省阜阳）。这是他第三次降谪。然而时论以为辅臣役使手下的兵丁在当时也是容许的，不能以此论罪。晏殊被贬谪的真正原因是受到反对者的排挤，据《宋史·晏殊传》记载："及为相，益务进贤才，而仲淹与韩琦、富弼皆进用，至于台阁，多一时之贤。帝亦奋然有意欲因群材以更治，而小人权幸皆不便。"这次贬谪，自知颍州，历经陈州、许州、永兴军（今西安）、河南，达十年之久。

在封建时代，大臣降谪，往往被派迁到边远地区担任一个挂名的官职，实际上就是被监管。而晏殊多次外调，都是在富饶的大州当知州。虽然官阶降低了一级，仍不失为掌握一州军政大权的封疆大吏。所以他还能保持达观的态度，随遇而安，及时行乐。他在颍州西湖建清涟阁，又手植双柳于阁前，常与梅尧臣在湖上饮酒赋诗。梅尧臣在回忆当时情景时有诗曰："客奏桓伊笛，人歌柳恽蘋。何尝烦几案，自得去埃尘。”（《依韵朱学士廉叔忆颍川西湖春色寄献尚书晏公且将有宛丘之命》）《珠玉集》中有《渔家傲》词十四首，其中多数是咏颍州西湖的，如“美酒一杯留客宴。拈花摘叶情无限，争奈世人多聚散。频祝愿。如花似叶长相见。”“倚遍朱阑凝望之。鸳鸯浴处波纹皱。谁唤谢娘斟美酒。萦舞袖。当筵劝我千长寿。”

虽然被贬谪，但由于受儒家忠君思想的束缚，晏殊对汴京和仁宗帝始终是感恩和怀念的。在颍州或陈州时，过去与他一起在东宫侍读的一个朋友奉召回京，晏殊在送别宴上写了一首《临江仙》词：“待君归觐九重城，帝宸思旧，朝夕奉皇明。”他内心还是希望仁宗能顾念旧日侍读情谊，宣召他回京。在知永兴军时，他已六十多岁，听到一个歌女叙述她“数年来往咸京道”的悲苦生涯，也产生了天涯沦落之感，因此写了一首《山亭柳》词，对该女的凄苦深表同情。这首词与晏殊词一贯超然平淡的风格迥然不同，论者以为他是在借他人杯酒浇自已块垒。

到仁宗至和元年（1054）晏殊六十四岁时，才因病获准返回汴京。仁宗念他是东宫旧臣，封他为迩英阁侍讲，许他五日一朝前殿，仪从如宰相。次年（1055）正月逝世，晏殊年六十五岁。仁宗亲临祭奠，赠司空兼侍中，谥元献，篆其碑首曰“旧学之碑”，命欧阳修撰神道碑铭。食邑万二千户，实封三千七百户。葬于许州阳翟县麦秀乡的北原。

就词而论，中晚唐和五代兴起的词，在五代后期和宋初的百余年间，由于战乱不断，人民生活不安定，因而已经到了十分冷落的地步。在晏殊以前留存下来的，只有十几个作者的二十几首词。“虽时时有妙语，而何足名家。”直到宋朝的第三、四代皇帝真宗和仁宗朝，经过半个多世纪的涵养生息，文化逐渐振兴，词坛也开始活跃起来。当时最著名的有三大词人：晏殊、柳永和张先。柳永擅长于反映下层平民的生活，因此在民间十分流行，人称“凡有井水饮处即能歌柳词”。然而词语粗俗，甚至流于淫亵。知识水平较高的文人皆耻于学习，所以虽风行一时，却无人为继。张先是一个小官吏，位卑职小，交游不广，因此影响也有限。而晏殊历任高官，门下有众多文人学士相互唱和，如众星捧月，使他成为当时词坛的盟主。如有一次在元日宴会上，他写了一首《木兰花》词，起句曰“东风昨夜回梁苑”，坐客皆和作，而且起句都用“东风昨夜”四字。由此也可见一时之感。

晏殊喜欢南唐冯延巳的词，他自己创作的词也与冯词不相上下。他的门生欧阳修的词与他的风格相近，而且有出蓝之誉，后人把他们两人的词合称为“晏欧词”，为词坛婉约派的一大宗，对后世的影响极为深远。

后人对晏殊的词，或赏其温婉秀丽，或推其清疏俊逸，或爱其珠圆玉润，或重其雍容典雅。《珠玉词》的优点确实如此，其词缺点是反映的生活圈子十分狭窄。词中所描写的内容，大多是上层士大夫优裕的享乐生活，不外于看花饮酒、听歌观舞、流连光景的消闲，以及对时光飞逝、人生易老、离多会少、怀远忆旧而产生的淡淡的哀愁。有时在歌酒消遣之余，还发出一些消极颓唐的无病呻吟。不过，虽然有这些缺点，但瑕不掩瑜，《珠玉词》仍被公认为是宋词中的重要作品。

晏幾道（1038—1110），字叔原，号小山。他是晏殊的第八子。晏殊共生九子。由于第三子全节从小就过继给叔叔晏颖为子，所以也可以把幾道算作第七子。如欧阳修所撰的《晏公神道碑》中就不列全节的名字，写"子八人"，把幾道排在了第七位。

叔原生于宋仁宗宝元元年（1038）四月二十三日，此时晏殊刚从第二次降谪的陈州召回汴京。关于叔原的生平事迹，现存的史料寥寥无几。不过《小山词》中却有许多作品叙述他与一些歌女的恋爱情节和他本人的行迹。根据这些词作，结合所存的少量史料，加以分析排列，还可以大致勾画出他的生平经历和一些作品的创作年代。

提到叔原的儿童时代，首先要提的是他写的一首《鹧鸪天》词：

> 碧藕花开水殿凉，万年枝外转红阳。升平歌管随天仗，祥瑞封章满御床。　　金掌露，玉炉香。岁华方共圣恩长。皇州又奏圜扉静，十样宫眉捧寿觞。

宋黄昇在《唐宋诸贤绝妙词选》中选录了这首词，并且在词调下面加了一则小序："庆历中，开封府与棘寺同日奏狱空。仁宗于宫中宴集，宣叔原作此，大称上意。"不过，这段序文中关于这首词的创作年代是有疑问的。一、庆历元年（1041）叔原才四岁。庆历四年（1044）九月晏殊第三次降谪离京去颍州，叔原七岁，多半随着父亲也到颍州去了。一个六七岁的孩子未必能写出这样的词。况且后人查考有关史籍，庆历八年之中根本没有“开封府与棘寺同日奏狱空”的记载。二、晁端礼有十首《鹧鸪天》词，在所附小序中说：“晏叔原近作《鹧鸪天》曲，歌咏太平，辄拟之为十首。野人久去辇毂，不得目睹盛事，姑诵所闻万一而已。”词中之“朔方诸部奏河清”“圜扉木索频年静”与叔原此词中“升平歌管随天仗”“皇州又奏圜扉静”意思相符，可知即因叔原此词而作。而端礼词中已提到“须知大观崇宁事，不愧生民下武篇”，崇宁（1102—1106）、大观（1107—1110），都是宋徽宗的年号，可见晁端礼的十首词最早也应作于大观年间，而叔原这首《鹧鸪天》词作于此前不久，故称“近作”。三、《宋会要》辑稿《刑法·狱空》载：“徽宗崇宁四年（1105）闰二月六日诏：开封府狱空，王宁特转两官。两经狱空，推官晏幾道、何述、李注，推官转管勾使院贾炎，并转一官，仍赐章服。”又“五年（1106）十月三日开封尹时彦奏：‘开封府一岁内四次狱空，乞宣付史馆。’从之。”第四次狱空是在十月，其余三次中可能有一次是在六七月，与叔原词中的“碧藕花开水殿凉”的时令相符，由此推测，叔原此词可能作于崇宁五年六七月。

《小山词》中有三首词叙述他童年发生的事情。

南乡子

小蕊受春风。日日宫花花树中。恰向柳绵撩乱处，相逢。笑靥旁边心字浓。　　归路草茸茸。家在秦楼更近东。醒去醉来无限事，谁同。说着西池满面红。

减字木兰花

长杨辇路。绿满当年携手处。试逐春风。重

到宫花花树中。　芳菲绕遍。今日不如前日健。酒罢凄凉。新恨犹添旧恨长。

采桑子

红窗碧玉新名旧，犹绾双螺。一寸秋波。千斛明珠觉未多。　小来竹马同游客，惯听清歌。今日蹉跎。恼乱工夫晕翠蛾。

“宫花”、“西池”、“长杨辇路”说明地点是在汴京，“重到”表示中间经过了一段离别。据此推测，叔原六、七岁时在汴京西池遇见一个属于歌女家庭的女孩，青梅竹马，在一起玩耍。不久叔原随父亲离京去了颍州。直到仁宗至和元年（1054）晏殊因病返京，叔原才跟着回到汴京。相隔了十年之久，叔原已十七岁，重新去寻找那个女孩，已找不到她的行踪。前两首词都是在回汴京后写的。第三首《采桑子》词叙述多年后，他重遇这个已经落魄歌女时的情景。

据欧阳修《晏公神道碑铭》记载，晏殊去世时，叔原和弟弟传正都已有太常寺太祝（正九品）的官职。很可能是晏殊返京任迩英阁侍讲时，仁宗得知他的两个小儿子还没有官职，就一下子赏赐他们两个同样的职位。

晏殊于仁宗至和二年（1055）去世，作为儿子的叔原照例要在汴京守制三年，从嘉祐三年（1058）守制期毕，叔原二十一岁到神宗熙宁七年（1074）叔原三十七岁发生郑侠上书事件，其间约二十六年，有关叔原的事迹并无史籍记载，只能从他的词作中去探索。不过值得注意的是，黄庭坚在《小山词》的序言中说他“仕宦连蹇”，“家人寒饥”，这只是指他的下半生而言。叔原虽然一辈子“陆沉于下位”，然而在他的青年时代，家境十分富裕。他的俸禄虽然微薄，可是他有父亲遗下的在汴京的赐第，还有“食邑万二千户，实封三千七百户”的田租收入。所以他经常出入歌楼酒肆，过着“侧帽风前花满路，冶叶倡条情绪”（《清平乐》[春云绿处]）的生活。

守制结束后不久，叔原结识了西楼的一个歌女，写下不少缠绵悱恻的词。如：

采桑子

西楼月下当时见，泪粉偷匀。歌罢还颦。恨隔炉烟看未真。　别来楼外垂杨缕，几换青春。倦客红尘，长见楼中粉泪人。

满庭芳

南苑吹花，西楼题叶，故园欢事重重。凭阑秋思，闲记旧相逢。几处歌云梦雨，可怜便流水西东。别来久，浅情未有，锦字系征鸿。　年光还少味，开残槛菊，落尽溪桐。漫留得、尊前淡月西风。此恨谁堪共说，清愁付、绿酒杯中。佳期在、归时待把，香袖看啼红。

他们两人度过了一段“歌云梦雨”的欢乐时光，不久就分别了。分别的原因是叔原要到长安去了，可能是守制结束后重新被委派去当一个小官吏。这可以从下面的两首词中得到线索：

少年游

西楼别后，风高露冷，无奈月分明。飞鸿影里，捣衣砧外，总是玉关情。　王孙此际，山重水远，何处赋西征。金闺梦里枉丁宁，寻尽短长亭。

秋蕊香

歌彻郎君秋草。别恨远山眉小。无情莫把多情恼。第一归来须早。　红尘自古长安道。故人少。相思不比相逢好。此别朱颜应老。

词中自称“王孙”、“郎君”，还保持着一种宰相公子意气扬扬的姿态。所以推测这件事是发生在离晏殊逝世较近的时期，大约在嘉祐三年至六年（1058—1061）叔原二十一至二十四岁前后的几年中。

叔原在长安还写了不少思念西楼歌女的词，如：《少年游》（雕梁燕去）、《采桑子》（前欢几处笙歌地）、《采桑子》（别来长记西楼事）、《鹧鸪天》（一醉醒来春又残）、《清平乐》（红英落尽）、《鹧鸪天》（题破香笺小研红）等。叔原殷切地盼望能回到汴京去与西楼歌女重叙旧情，可是等到他任满返京时，已找不到这个歌女了：

浣溪沙

楼上灯深欲闭门。梦云归去不留痕。几年芳草忆王孙。　向日阑干依旧绿，试将前事倚黄昏。记曾来处易消魂。

西江月

南苑垂鞭路冷，西楼把袂人稀。庭花犹有鬓边枝，且插残红自醉。　画幕凉催燕去，香屏晓放云归。依前青枕梦回时，试问闲愁有几。

木兰花

念奴初唱离亭宴。会作离声勾别怨。当时垂泪忆西楼，湿尽罗衣歌未遍。　难逢最是身强健，无定莫如人聚散。已拼归袖醉相扶，更恼香檀珍重劝。

从《木兰花》词看，这里的“念奴”是借代另外一个歌女。叔原听其所唱离别之曲而勾起对西楼歌女的忆念，所以歌声未毕，他的泪水已湿尽罗衣。词中他的“难逢最是身强健”恐非泛泛而言，也许他那时已得知西楼歌女因体弱多病而去世，所以悲不自胜而离席。

后来叔原又认识了他家西园府第附近西溪南楼的两个歌女。一个名杏，一个名柳。

少年游

西溪丹杏，波前媚脸，珠露与深匀。南楼翠柳，烟中愁黛，丝雨恼娇颦。　当年此处，闻歌殢酒，曾对可怜人。今夜相思，山长水远，闲卧对残春。

但一年左右就分别了。分别时写了两首词：

点绛唇

明日征鞭，又将南陌垂杨折。自怜轻别，拚得音尘绝。　杏子枝边，倚处阑干月。依前缺，去年时节，旧事无人说。

梁州令

莫唱阳关曲，泪湿当年金缕。离歌自古最消魂，闻歌更在消魂处。　南楼杨柳多情绪，不系行人住。人情却似飞絮。悠扬便逐春风去。

别后还写了不少怀念的词。如《虞美人》：“南楼风月长依旧。别恨无端有。”《庆春时》：“南楼暮雪，无人共赏，闲却玉阑干。”《采桑子》：“南楼把手凭看处，风月应知。别后除非，梦里时时得见伊。”

叔原去了哪里，无从查考。不过从他的词作看，大约在这些年中，他曾去过赣州：

鹧鸪天

绿桥枝头几点春，似留香蕊送行人。明朝紫凤朝天路，十二重城五碧云。　　歌渐咽，酒初醺。尽将红泪湿湘裙。赣江西畔从今日，明月清风忆使君。

这首词的内容是送别赣州太守任满回京，叔原在饯筵上即席作词，由官妓歌以送别。此外，他还去过扬州：

虞美人

玉箫吹遍烟花路。小谢经年去。更教谁画远山眉。又是陌头风细、恼人时。　　时光不解年年好。叶上秋声早。可怜蝴蝶易分飞。只有杏梁双燕、每来归。

浣溪沙

铜虎分符领外台。五云深处彩旄来。春随红旆过长淮。　　千里袴襦添旧暖，万家桃李间新栽。使星回首是三台。

采桑子

高吟烂醉淮西月，诗酒相留。明日归舟。碧藕花中醉过秋。　　文姬赠别双团扇，自写银钩。散尽离愁。携得清风出画楼。

“烟花路”用李白“烟花三月下扬州”诗句。“淮西”即淮南西路，为宋太宗至道年间分设的十五路之一，治所在扬州。

在神宗熙宁七年（1074）郑侠上书事件发生以前，大约是熙宁三年至五年（1070—1072）叔原三十三至三十五岁时，与河南商丘一个叫文君（也可能是借代）的歌女有一段感情纠葛。他与文君经常在商丘的南湖荡舟采莲：

守得莲开结伴游。约开萍叶上兰舟。来时浦口云随棹，采罢江边月满楼。（《鹧鸪天》）

采莲时候慵歌舞。永日闲从花里度。暗随蘋末晓风来，直待柳梢斜月去。（《玉楼春》）

后来那个歌女感情起了变化，对叔原疏远了。

虞美人

疏梅月下歌金缕。忆共文君语。更谁情浅似春风。一夜满枝新绿、替残红。　　蘋香已有莲开信。两桨佳期近。采莲时节定来无？醉后满身花影、倩人扶。

叔原在听另外一个歌女疏梅唱歌时曾责备文君薄情，并问她在即将到来的采莲时节是否能赴约。结果文君还是没有来：

长爱碧阑干影，芙蓉秋水开时……烟雨依前时候，霜丛如旧芳菲。与谁同醉采香归？去年花下客，今似蝶分飞。（《临江仙》）

说明他们断绝了往来。叔原却仍旧念念不忘旧情：

白莲池上当时月，今夜重圆。……黄花绿酒分携后，泪湿吟笺。旧事年年，时节南湖又采莲。（《采桑子》）

莫愁家住溪边。采莲心事年年。谁管水流花谢，月明昨夜兰船。（《清平乐》）

采莲舟上，夜来徒觉，十分秋意。懊恼寒

花暂时香，与情浅、人相似。……水湿红裙酒初醒，又记得、南溪事。（《留春令》）

接着就发生了郑侠上书事件。

郑侠（1041—1119），字介夫，福州福清人。英宗治平四年（1067）进士。年轻时曾受知于王安石。神宗熙宁六年（1073），郑侠自光州司法参军秩满进京，监安上门，与叔原开始交往。叔原曾赠给他一首七言绝句："小白长红又满枝，筑毬场外独支颐。春风自是人间客，张主繁华得几时。"

熙宁七年（1074）四月，时天久旱不雨。河北、陕西饥民皆流入京城，而京城外饥民更多。郑侠画了一幅饥民图，上书历言大旱及当时实行的新法青苗法、免役法等的弊端。神宗以图和上书问王安石，是否认识郑侠。安石回答说：他从前跟我学习过，因而请求避位。第二天，新法被废除了十分之八。王安石被罢相，贬职知江宁。郑侠又画了一幅《正直君子邪曲小人事业图迹》，指斥吕惠卿，吕惠卿奏称郑侠讪谤，郑侠被下台狱。此案株连了很多人，凡与郑侠有过交往的均被捕入狱受讯。在郑侠家中搜得叔原赠郑侠的诗，因此叔原亦被捕入狱。至十一月结案，郑侠被判编管英州，有很多人被迁谪或降职。叔原还算幸运。神宗看了叔原赠郑侠的诗，认为写得还不错，就下令把他释放。

这次入狱使叔原在精神上受到打击，自不消说，对他早已开始走下坡路的家庭经济也产生了很大影响。因为在当时的社会，犯人多受到狱吏和差役的敲诈勒索。所以不难想象，叔原不仅家道中落，而且日趋贫困了。

出狱后不久，大约在熙宁八年（1075）春天，他又遇见疏梅，就是以前在南湖认识的歌女（《虞美人》[疏梅月下歌金缕]）。下面一首词有比较详细的记录：

洞仙歌

春残雨过，绿暗东池道。玉艳藏羞媚赪笑。记当时、已恨飞镜欢疏，那至此，仍苦题花信少。　　连环情未已，物是人非，月下疏梅似伊好。淡秀色，黯寒香，粲若春容，何心顾、闲花凡草。但莫使、情随岁华迁，便杳隔秦源，也须能到。

词中藏疏梅的名字。“飞镜欢疏”，“题花信少”，表明他当年与疏梅仅是一般的相识，并不怎样密切，别后也没有通信。因为他那时追求的是另外一个名为文君的歌女。不料今番却与疏梅在汴京意外相逢（可能是疏梅迁到了汴京），尤其是在自己经历了沧桑之变以后。“连环情未已”谓情缘未断，“物是人非”指自己被捕，情况发生了巨大变化，而疏梅却依旧像从前一样年轻美丽。结句表示他希望能与疏梅相好。

这首词的重要之处是提供了一个信息，就是南湖采莲发生在郑侠事件之前，而且相距的时间并不太长。郑侠事件的年份是在史书上有明确记载的，据此就可以大致推断出南湖采莲的年份。

叔原与疏梅相好了一段时间。

清平乐

波纹碧皱。曲水清明后。折得疏梅香满袖。暗喜春红依旧。　　归来紫陌东头。金钗换酒销愁。柳影深深细路，花梢小小层楼。

大约在神宗元丰元年（1078）前后，叔原四十一岁时，与疏梅分别去了江南。去江南有两种可能。一是叔原出狱时神宗的圣谕仅是释放他出狱，既不问罪，也不提另行安排职务。因此他在汴京游荡了一两年，最后在江南找到了一个工作。另一种可能是，据史料载，他的五兄知止于元丰元年出任吴郡太守，叔原是到江南去投靠他哥哥的。他在江南时常想念在汴京的疏梅：

菩萨蛮

江南未雪梅花白。忆梅人是江南客。犹记旧相逢。淡烟微月中。　　玉容长有信。一笑归来近。怀远上楼时。晚云和雁低。

六么令

雪残风信，悠飏春消息。天涯倚楼相望，杨柳几丝碧。还是南云雁少，锦字无端的。宝钗瑶席，彩弦声里，拚作尊前未归客。　　遥想疏梅此际，月底香英白。别后谁绕前溪，手拣繁枝摘。莫道伤高恨远，付与临风笛，尽教愁寂。花时往事，更有多情个人忆。

这又可证明，叔原的江南之行是在郑侠事件之后。

叔原于元丰二年（1079）晚春就返回了汴京，因为黄庭坚诗集中有三首与叔原唱和的诗，其中一首《次韵答叔原会寂照房呈稚川》下注元丰三年（据郑骞考证，应为二年）。而叔原《浪淘沙》词曰："行子惜流年。鶗鴂枝边。吴堤春水舣兰船，南去北来今渐老，难负尊前。"则返回汴京是在晚春时节。此时叔原四十二岁，已有垂老之感。

叔原回到汴京后，还写了几首回忆江南的词：

别浦高楼曾漫倚，对江南千里。（《留春令》）

梦入江南烟水路。行尽江南，不与离人遇。睡里消魂无说处。觉来惆怅消魂误。(《蝶恋花》)

《小山词》最早的原序中提到“始时沈十二廉叔、陈十君龙家有莲、鸿、蘋、云，品清讴娱客”的事实。而这本《小山词》是“七月己巳为高平公编辑成编”的。高平公指范仲淹之子范纯仁，七月己巳据郑骞考证为哲宗元祐元年到三年（1086—1088）。这就说明叔原在沈、陈二家听歌是在元祐元年到三年之前。据此推断，叔原从江南返京后不久，大约在元丰三年（1080）就开始在沈、陈二家饮酒听歌。

元丰五年（1082）春，叔原又被委派为颍昌（今河南许昌）许田镇镇监。在饯行的筵席上，叔原写了一首告别小莲的词：

鹧鸪天

梅蕊新妆桂叶眉。小莲风韵出瑶池。云随绿水歌声转，雪绕红绡舞袖垂。　　伤别易，恨欢迟。惜无红锦为裁诗。行人莫便消魂去，汉渚星桥尚有期。

这时叔原已十分贫困，故云“惜无红锦裁诗”以酬谢小莲。在旅途中他又写了一首：

浣溪沙

午醉西桥夕未醒。雨花凄断不堪听。归时应减鬓边青。　　衣化客尘今古道，柳含春意短长亭。凤楼争见路旁情。

在许田镇时，叔原写了几首思念小云、小莲的词：

浣溪沙

床上银屏几点山。鸭炉香过琐窗寒。小云双

枕恨春闲。　　惜别漫成良夜醉，解愁时有翠笺还。那回分袂月初残。

破阵子

柳下笙歌庭院，花间姊妹秋千。记得春楼当日事，写向红窗夜月前。凭谁寄小莲。绛蜡等闲陪泪，吴蚕到了缠绵。绿鬓能供多少恨，未肯无情比断弦。今年老去年。

还有一首常被人称道的词：

阮郎归

天边金掌露成霜。云随雁字长。绿杯红袖称重阳，人情似故乡。　　兰佩紫，菊簪黄。殷勤理旧狂。欲将沉醉换悲凉。清歌莫断肠。

这首词表明，叔原在颍昌的生活是很逍遥自在的。当地的官员对叔原还相当尊重。尽管他只是一个小小的镇监，但每逢节庆，常被邀请参加宴会。叔原在半生蹭蹬之余，产生了“人情似故乡”之感，不过他仍保持着旧时的狂态。他有两首《生查子》词：

落梅庭榭香，芳草池塘绿。春恨最关情，日过阑干曲。　　几时花里闲，看得花枝足。醉后莫思家，借取师师宿。

远山眉黛长，细柳腰肢袅。妆罢立春风，一笑千金少。　　归去凤城时，说与青楼道。遍看颍川花，不似师师好。

可见他旧习未除，仍有冶游，即所谓“殷勤理旧狂”也。转眼之间，三年任期已满，而他仍未接到回京的调令。为此，他焦急地写下两首《鹧鸪天》词：

陌上濛濛残絮飞。杜鹃枝上杜鹃啼。年年底

【导读】

事不归去，怨月愁烟长为谁。　　梅雨细，晓风微。倚楼人听欲沾衣。故园三度群花谢，曼倩天涯犹未归。

十里楼台倚翠微。百花深处杜鹃啼。殷勤自与行人语，不似流莺取次飞。　　惊梦觉，弄晴时。声声只道不如归。天涯岂是无归意，争奈归期未可期。

调令是在秋天到达的。他在归途中写下了《临江仙》词。

淡水三年欢意，危弦几夜离情。晓霜红叶舞归程。客情今古道，秋梦短长亭。　　渌酒尊前清泪，阳关叠里离声。少陵诗思旧才名。云鸿相约处，烟雾九重城。

叔原在许田镇时还发生过一件事，那时正值韩维出知许州（即颍昌）。韩维昔年曾在晏殊属下办过事，与他家比较亲近。叔原就手录自己所作的长短句呈给韩维。叔原呈词，可能是希望韩维能念及旧交，稍稍改善自己窘迫的处境。不料韩维是个一本正经的人，看不惯叔原醉心于歌台舞榭、浅斟低唱的放浪生活，反而教训他说："得新词盈卷，盖才有馀而德不足者。愿郎君捐有馀之才补不足之德，不胜门下老吏之望。"叔原失望之下，益感到世态炎凉，后来对富贵的人一概抱痛绝的态度，"仕宦连蹇而不能一傍贵人之门"（黄庭坚《小山词·序》）。

从许田镇回到汴京后，叔原又开始在沈、陈二家持酒听歌，消遣时日。不过时间不长，"已而君龙疾废卧家，廉叔下世……两家歌儿酒使俱流转于人间"

(《原序》)。这也反映在叔原的词作中，如：

愁倚阑令

凭江阁，看烟鸿。恨春浓。还有当年闻笛泪，洒东风。　　时候草绿花红。斜阳外，远水溶溶。浑似阿莲双枕畔，画屏中。

这首词的内容是哀悼已下世的沈廉叔，并思念流转于人间的小莲。

丑奴儿

昭华凤管知名久，长闭帘栊。日日春慵，闲倚庭花晕脸红。　　应说金谷无人后，此会相逢。三弄临风，送得当筵玉琖空。

廉叔下世后，金谷留妓，已成他家侍儿。今日重逢，听其临风三弄，情何以堪！

据王灼《碧鸡漫志》载："叔原年未至乞身，退居京城赐第，不践诸贵之门。蔡京重九、冬至日遣客求长短句，欣然两为作《鹧鸪天》'九日悲秋不到心（下略）''晓日迎长岁岁同（下略）'，竟无一语及蔡者。'"又据夏承焘《二晏年谱》，蔡京乞词，大概在徽宗崇宁元年（1102），年叔原六十五岁时。可见这以前有很长一段时期叔原在汴京闲居。这段时期中，他的词作有悼念亡友的《临江仙》词"东野亡来无酌句"；写重见昔年歌女的《鹧鸪天》词"今宵剩把银釭照，犹恐相逢在梦中"，《临江仙》词"如今不是梦，真个到伊行"；忆念小蘋的《临江仙》词"记得小蘋初见，两重心字罗衣；表示晚年怀旧的《武陵春》词"年年岁岁登高节，欢事旋成空。几处佳人此会同。今在泪痕中"。

在稍后的几年中，叔原可能迫于生计，不得不重新出来工作。他的一首《失题》诗曰：“公余终日坐闲亭，看得梅开梅叶青。可是近来疏酒盏，酒瓶今已作花瓶。”可见他穷得连买酒的钱也没有了。黄庭坚《小山词·序》中说他“家人饥寒”，恐非虚语。他还多次搬家。宋张邦基《墨庄漫录》载：“叔原聚书甚多。每有迁徙，其妻厌之，谓叔原有类乞儿搬漆碗。”

崇宁四年（1105）叔原六十七岁时，由乾宁军（今河北青县）通判转开封府推官，后又转管勾使，前面提到的《鹧鸪天》词（碧藕花开水殿凉）即作于这一时期：崇宁五年六、七月。这是目前所看到的有关叔原的最后资料。叔原卒于大观四年（1110），享年七十三岁。

综观叔原一生，由于生长富贵之家，养成孤傲的性格，加以耽于逸游，不谙世务，终贫困潦倒。但他始终保持着一颗赤子之心，不谀佞权贵，亦不鄙视卑微之人。对歌女舞姬，亦真诚相待，赏识其聪明美丽，才艺出众，而又同情其处于卑下的地位，怜惜其受人欺凌的境遇。如《采桑子》词“倦客红尘，长记楼中粉泪人”，《何满子》词“五陵年少浑薄幸，轻如曲水飘香。夜夜魂消梦峡，年年泪尽啼湘”，《更漏子》词“北来人，南去客，朝暮等闲攀折。怜晚秀，惜残阳，情知枉断肠”。

叔原词深受其父亲的影响，如《蝶恋花》词：“新酒又添残酒困，今春不减前春恨。”《玉楼春》词：“此时金琖直须深，看尽落花能几醉。”有些词句甚至直接取自《珠玉词》，如《虞美人》词“去年双燕欲归时”，《清平乐》词“双燕欲归时节”，《浪淘沙》词的“多少雨条烟叶恨”，《浣溪沙》词“雨条烟叶系人情”。不过晏殊的词比较疏朗旷达，即使偶有伤感，也只是淡淡的离愁，微微的惆怅。而叔原笔下的离愁别恨，则悲凉凄苦，刻骨铭心，完全从肺腑中流出，所以感人至深。后人评价，其造诣过于其父。《小山词》的缺点是内容过于狭窄，局限于记述与歌女舞姬的悲欢离合之情。

《珠玉词》的原刻本已佚。后来通行的有明毛晋汲古阁《宋六十名家词》本及清晏端书的家刻本。后又经人不断校改重刻，收入唐圭璋的《全宋词》中。《小山词》在叔原生前已辑成，但没有留传下来。现存版本有《宋六十名家词》本、晏端书家刻本、经近人朱祖谋校勘增补的《彊村丛书》本和《全宋词》本。此外，还有陈永正选注的《晏殊晏幾道词选》，陈寂的《二晏词选》，叶嘉莹主编的《历代名家词新释辑评丛书》中的《晏殊词新释辑评》、《晏幾道词新释辑评》等。七年前我开始编写《二晏词笺注》，对各种版本和二晏的生平事迹作过一番校改和整理，并略加注释，于2008年12月由上海古籍出版社出版发行。注释与见解与其他版本各有异同，诗无达诂，有不同的理解是正常的，读者可以择善而从，也可以另有会心，此次出版，择要将注释和词中化用的古人诗词文句列于词后（每条前面用◎表示），另将历代评论、与词相关的本事史实及创作系年择要列于每首词后（每条前面用◆表示），以方便读者对二晏词的阅读和欣赏。

目　录

晏幾道词集

【目录】

晏殊词集

谒金门

秋露坠。滴尽楚兰红泪。往事旧欢何限意。思量如梦寐。

人貌老于前岁。风月宛然无异。座有嘉宾尊有桂。莫辞终夕醉。

◎楚兰：楚地盛产兰花，故称楚兰。此借喻所爱女子。

◎魏文帝所爱美人姓薛，名灵芸，常山人也。……灵芸闻别父母，歔欷累日，泪下沾衣。至升车就路之时，以玉唾壶承泪，壶即红色。既发常山，及至京师，壶中泪凝如血矣。（晋王嘉《拾遗记》。后以红泪表示女子伤心的泪。）

◎桂：桂酒的省称。泛指美酒。

破阵子

海上蟠桃易熟，人间好月长圆。惟有擘钗分钿侣，离别常多会面难。此情须问天。

蜡烛到明垂泪，熏炉尽日生烟。一点凄凉愁绝意，谩道秦筝有剩弦。何曾为细传。

◎钗留一股合一扇，钗擘黄金合分钿。但教心似金钿坚，天上人间会相见。（唐白居易《长恨歌》。擘钗分钿，指夫妻或情侣在分离时把首饰一分为二，各执其半，以表示诚信。）

◎蜡烛有心还惜别，替人垂泪到天明。（唐杜牧《赠别》诗之二）

又

燕子欲归时节，高楼昨夜西风。求得人间成小会，试把金尊傍菊丛。歌长粉面红。

斜日更穿帘幕，微凉渐入梧桐。多少襟怀言不尽，写向蛮笺曲调中。此情千万重。

◎唐中国纸未备，多取于外夷，故唐人诗多用蛮笺字，亦有谓也。高丽岁贡蛮纸。（《说郛》卷一八载宋顾文荐《负暄杂录》。蛮笺，唐时指高丽纸，亦指蜀地所产的彩色笺纸。）

又

忆得去年今日，黄花已满东篱。曾与玉人临小槛，共折香英泛酒卮。长条插鬓垂。

人貌不应迁换，珍丛又睹芳菲。重把一尊寻旧径，所惜光阴去似飞。风飘露冷时。

◎去年今日此门中，人面桃花相映红。人面不知何处去，桃花依旧笑春风。（唐崔护《题都城南庄》）

◎采菊东篱下，悠然见南山。（晋陶潜《饮酒》二十首之五。黄花，专指菊花。）

◎泛酒卮：指把菊花浸在酒中。

又

湖上西风斜日，荷花落尽红英。金菊满丛珠颗细，海燕辞巢翅羽轻。年年岁岁情。

美酒一杯新熟，高歌数阕堪听。不向尊前同一醉，可奈光阴似水声。迢迢去未停。

◎年年岁岁花相似，岁岁年年人不同。（唐刘希夷《代悲白头翁》）

浣溪沙

阆苑瑶台风露秋。整鬟凝思捧觥筹。欲

归临别强迟留。

月好谩成孤枕梦，酒阑空得两眉愁。此时情绪悔风流。

◎觥筹：酒具和行酒令用的签筹。

◆瑶台阆苑，言地之高华。凝思整鬟，言人之庄重，虽捧觥筹，可望而不可即。明知徒费迟留，迨酒阑人散，独自成愁，始追悔当时，固何益耶？既已悔之，而复孤梦愁眉，低回不置，姑寄其无聊之思耳。元献生平不作妮子语，此词或有所指，非述绮怀也。（俞陛云《唐五代两宋词选释》）

◆此词上片写参加贵官家宴会，见一美丽端庄的侍女，产生爱慕之心。下片写归家后的思念。（张草纫《二晏词笺注》）

又

三月和风满上林。牡丹妖艳直千金。恼人天气又春阴。

为我转回红脸面，向谁分付紫檀心。有情须殢酒杯深。

◎上林：上林苑，汉代皇家宫苑。后泛指帝王园林。

◎殢酒：沉湎于酒。

又

青杏园林煮酒香。佳人初试薄罗裳。柳丝无力燕飞忙。

乍雨乍晴花自落，闲愁闲闷日偏长。为谁消瘦减容光。

◎自从消瘦减容光，万转千回懒下床。不为旁人羞不起，为郎憔悴却羞郎。（唐元稹《崔莺莺》）

◆前半虽未见精湛，后三句则纯以轻笔写幽怀，若风拂柳丝，曼绿柔姿，留人顾盼，差近五代风格。（俞陛云《唐五代两宋词选释》）

又

一曲新词酒一杯。去年天气旧亭台。夕阳西下几时回。

无可奈何花落去，似曾相识燕归来。小园香径独徘徊。

◆"无可奈何"二语工丽，天然奇偶。（明杨慎《词品》）

◆（"无可"二句）实处易工，虚处难工。对法之妙无两。（明卓人月《古今词统》）

◆"细雨梦回鸡塞远"，"青鸟不传云外信"，"无可奈何花落去"六句，律诗俊语也。然自是天成一段词，着诗

不得。（明沈际飞《草堂诗馀正集》）

◆或问诗词、词曲分界。予曰“无可奈何花落去，似曾相识燕归来”定非《香奁》诗，“良辰美景奈何天，赏心乐事谁家院”定非《草堂》词也。（清王士禛《花草蒙拾》）

◆词中句与字，有似触着者，所谓极炼如不炼也。晏元献“无可奈何花落去”二句，触着之句也。（清刘熙载《艺概》）

◆有一刻千金之感。（清陈廷焯《词则·大雅集》）

◆元献尚有《示张寺丞王校勘》七律一首：“元巳清明假未开，小园幽径独徘徊。春寒不定斑斑雨，宿醉难禁滟滟杯。无可奈何花落去，似曾相识燕归来。游梁赋客多风味，莫惜青钱万选才。”中三句与此词同，只易一字。细玩“无可奈何”一联，情致缠绵，音调谐婉，的是倚声家语。若作七律，未免软弱矣。并录于此，以谂知言之君子。（清张宗橚《词林纪事》）

◆宋吴曾《能改斋漫录》卷十一：“晏元献公赴杭州，道过维扬，憩大明寺，使侍史诵壁间诗板，戒勿言爵里姓名，终篇者无几。又使别诵一诗云云，徐问之，江都尉王琪诗也。召至同饭。又同步游池上，时春晚，已有落花。晏云：‘每得句书墙壁间，或弥年未尝强对。且如“无可奈何花落去”，至今未能也。’王应声曰：‘似曾相识燕归来。’自此辟置，又荐馆职。遂跻侍从矣。”按夏承焘《二晏年谱》据《宋史·王琪传》，指出王琪仁宗时除馆职，由于上书，非由晏殊推荐。又指出：“同叔仁宗初至天圣五年皆在京师，亦无杭、扬行迹。……《漫录》载续对事，或臆谈也。”（张草纫《二晏词笺注》）

又

红蓼花香夹岸稠。绿波春水向东流。小船轻舫好追游。

渔父酒醒重拨棹，鸳鸯飞去却回头。一杯销尽两眉愁。

◆据《明一统志》卷二十七《归德府》载，南湖在归德府（今河南商丘）城南五里，宋晏元献放驯鹭于湖中。据这首词的词意推测，可能作于宋仁宗天圣五年（1027）晏殊迁谪于商丘时。（张草纫《二晏词笺注》）

又

淡淡梳妆薄薄衣。天仙模样好容仪。旧欢前事入颦眉。

闲役梦魂孤烛暗，恨无消息画帘垂。且留双泪说相思。

◎颦眉：皱眉。多指女子含愁的状态。

◎春江一曲柳千条，二十年前旧板桥。曾与美人桥上别，恨无消息到今朝。（唐刘禹锡《杨柳枝》）

◆如《浣溪沙》之"淡淡梳妆薄薄衣。天仙模样好容仪"、《诉衷情》之"东城南陌花下，逢着意中人"、又"心心念念，说尽无凭，只是相思"诸语，庸劣可鄙，已开山谷、三变俳语之体。（吴梅《词学通论》）

又

小阁重帘有燕过。晚花红片落庭莎。曲阑干影入凉波。

一霎好风生翠幕，几回疏雨滴圆荷。酒醒人散得愁多。

◆晏素用闲雅从容之笔，写从容骀荡之情，即以眼前所见，信手入词，绝不施以雕琢，而自见天趣。此所以开一代之风气，树词林之典范也。（赵尊岳《珠玉词选评》）

又

宿酒才醒厌玉卮。水沉香冷懒熏衣。早梅先绽日边枝。

寒雪寂寥初散后，春风悠扬欲来时。小屏闲放画帘垂。

◎玉卮：玉杯，酒杯的美称。

◎日边枝：向阳的树枝。

又

绿叶红花媚晓烟。黄蜂金蕊欲披莲。水风深处懒回船。

可惜异香珠箔外，不辞清唱玉尊前。使

星归觐九重天。

◎拔：使裂开。

◎和帝即位，分遣使者，皆微服单行，各至州县观采风谣。使者二人当到益州，投郃候舍。时夏夕露坐……郃指星示云："有二使者向益州分野。"（《后汉书·李郃传》。后因称使者为使星。）

◎九重天：指帝王或朝廷。

◆晏殊于宋仁宗天圣五年（1027）罢枢密副使，以刑部侍郎知宋州（景德三年升为应天府，大中祥符七年建为南京，今河南商丘），六年（1028）奉诏回京，拜御使中丞。商丘离汴京很近，他在商丘的时间又很短，仅一年多，所以他不认为自己是迁谪的逐臣，而是奉使而来的，故在词中自称为"使星"。宋庠在《和中丞晏尚书忆谯涡》诗中曰："縠浪如烟曲里深，使旗斋舫此幽寻。"用"使旗"，亦含此意。（张草纫《二晏词笺注》）

又

湖上西风急暮蝉。夜来清露湿红莲。少留归骑促歌筵。

为别莫辞金盏酒，入朝须近玉炉烟。不知重会是何年。

◎促：靠近。

◆这首词亦作于天圣六年（1028）秋晏殊将离开商丘

时。湖，指南湖，在商丘城南。由景入事，由事引发感慨。（张草纫《二晏词笺注》）

又

杨柳阴中驻彩旌。芰荷香里劝金觥。小词流入管弦声。

只有醉吟宽别恨，不须朝暮促归程。雨条烟叶系人情。

◆这首词与前二首作于同一时期，在回京之日的离筵上，金觥频劝，作者即席作词，令营妓奏乐歌唱。（张草纫《二晏词笺注》）

又

一向年光有限身。等闲离别易销魂。酒筵歌席莫辞频。

满目山河空念远，落花风雨更伤春。不如怜取眼前人。

◎一向：即一晌，表示时间的短暂。

◎黯然销魂者，唯别而已矣。（南朝江淹《别赋》）

◎还将旧来意，怜取眼前人。（唐元稹《莺莺传》）

◆惟"满目山河空念远，落花风雨更伤春"二语，较"无可奈何"胜过十倍，而人未之知，何也？（吴梅《词学

通论》）

◆此词前半首笔意回曲，如石梁瀑布，作三折而下。言年光易尽，而此身有限，自嗟过客光阴，每值分离，即寻常判袂，亦不免魂消黯然。三句言消魂无益，不若歌筵频醉，借酒浇愁，半首中无一平笔。后半转头处言浩莽山河，飘摇风雨，气象恢宏。而“念远”句承上“离别”而言，“伤春”句承上“年光”而言，欲开仍合，虽小令而具长调章法。结句言伤春念远，只恼人怀，而眼前之人，岂能常聚，与其落月停云，他日徒劳相忆，不若怜取眼前，乐其晨夕，勿追悔蹉跎，申足第三句“歌席莫辞”之意也。（俞陛云《唐五代两宋词选释》）

◆此词感慨特深，堂庑更大，忽尔拓之使远，又复收之使近，诚有拗铁为枝之幻。亦惟如此，始益见其沉郁。（赵尊岳《珠玉词选评》）

又

玉椀冰寒滴露华。粉融香雪透轻纱。晚来妆面胜荷花。

鬓亸欲迎眉际月，酒红初上脸边霞。一场春梦日西斜。

◎亸：下垂貌。

更漏子

蕣华浓，山翠浅。一寸秋波如剪。红日

永，绮筵开。暗随仙驭来。

遏云声，回雪袖。占断晓莺春柳。才送目，又颦眉。此情谁得知。

◎有女同车，颜如蕣华。（《诗经·郑风·有女同车》。蕣华，木槿之花。）

◎山翠：喻女子黛眉。

◎仙驭：仙人或帝王的车驾。亦泛指贵人的车骑。

◎薛谭学讴于秦青。未穷青之技，自谓尽之，遂辞归。秦青勿止，饯于郊衢。抚节悲歌，声振林木，响遏行云。薛谭乃谢求反，终身不敢言归。（《列子·汤问》）

◎裾似飞燕，袖如回雪。（《艺文类聚》卷四三引汉张衡《舞赋》）

◎占断：占尽，全部占有。

又

塞鸿高，仙露满。秋入银河清浅。逢好客，且开眉。盛年能几时。

宝筝调，罗袖软。拍碎画堂檀板。须尽醉，莫推辞。人生多别离。

◎河汉清且浅，相去复几许。（《古诗十九首》之十）

◎画堂檀板秋拍碎，一引有时联十觥。（唐杜牧《自宣州赴官入京路逢裴坦判官归宣州因题赠》）

又

雪藏梅，烟着柳。依约上春时候。初送雁，欲闻莺。绿池波浪生。

探花开，留客醉。忆得去年情味。金盏酒，玉炉香。任他红日长。

◎已遭江映柳，更被雪藏梅。（唐李商隐《江亭散席循柳路吟归官舍》）

◎上春：孟春。指农历正月。

◆此词主旨在当前景色之撩人怀旧，其着眼处在上春时候，而无聊之至，但有任其红日自长而已。即此琐琐之节物，缀为小词，使以妙绪，便觉春意盎然。……晏以情深之人，当显达之位，乃有此闲思，有此妙笔，其轩冕北宋宜矣。（赵尊岳《珠玉词选评》）

又

菊花残，梨叶堕。可惜良辰虚过。新酒熟，绮筵开。不辞红玉杯。

蜀弦高，羌管脆。慢飐舞娥香袂。君莫笑，醉乡人。熙熙长似春。

◎蜀弦：蜀地蚕丝制做的琴弦，即指蜀琴。又，古曲有名《蜀国弦》者。

◎熙熙：和乐的样子。

鹊踏枝

槛菊愁烟兰泣露。罗幕轻寒，燕子双飞去。明月不谙离恨苦。斜光到晓穿朱户。

昨夜西风凋碧树。独上高楼，望尽天涯路。欲寄彩笺兼尺素。山长水阔知何处。

◎凉风荡芳气，碧树先秋落。（南朝江淹《杂体三十首·陈思王赠友》）

◎霜凋碧树待锦树，万壑东逝无停留。（唐杜甫《锦树行》）

◎客从远方来，遗我双鲤鱼。呼儿烹鲤鱼，中有尺素书。（《玉台新咏·饮马长城窟行》）

◆缠绵悱恻，雅近正中。（清陈廷焯《词则·大雅集》）

◆《诗·蒹葭》一篇，最得风人深致。晏同叔之“昨夜西风凋碧树。独上高楼，望尽天涯路”，意颇近之。但一洒落，一悲壮耳。又“我瞻四方，蹙蹙靡所骋”，诗人之忧生也，“昨夜西风凋碧树。独上高楼，望尽天涯路”似之。又：古今之成大事业大学问者，必经过三种之境界：“昨夜西风凋碧树。独上高楼，望尽天涯路”，此第一境也；“衣带渐宽终不悔，为伊消得人憔悴”，此第二境也；“众里寻他千百度。回头蓦见，那人正在灯火阑珊处”，此第三境也。此等语皆非大词人不能道。然遽以此意解释诸词，恐晏、欧诸公所不许也。（王国维《人间词话》）

又

紫府群仙名籍秘。五色斑龙，暂降人间世。海变桑田都不记。蟠桃一熟三千岁。

露滴彩旌云绕袂。谁信壶中，别有笙歌地。门外落花随水逝。相看莫惜尊前醉。

◎及至天上，先过紫府。金床玉几，晃晃昱昱，真贵处也。（晋葛洪《抱朴子·祛惑》。紫府，道教称神仙所居之处。）

◎唯见王母乘紫云之辇，驾九色之斑龙。（汉班固《汉武帝内传》）

◎麻姑自说云："接待以来，已见东海三为桑田。向间蓬莱水乃浅于往者会时略半也，岂将复还为陆陵乎？"（晋葛洪《神仙传·王远》）

◎费长房者，汝南人也。曾为市掾。市中有老翁卖药，悬一壶于肆头。及市罢，辄跳入壶中。市人莫之见，唯长房于楼上睹之，异焉。因往再拜，奉酒脯。翁知长房之意其神也，谓之曰："子明日可更来。"长房旦日复诣翁。翁乃与俱入壶中，唯见玉堂严丽，旨酒甘肴盈衍其中。共饮毕而出。（《后汉书·方术下·费长房》）

◆这是一首赠给皇族中某一高官的词。宋朝尊奉道教，故称他原为道教神仙，名列秘籍。曾经经历过不知多少次沧海桑田之变，看到过蟠桃每隔三千年开花结果，如今只是暂时降谪在人间而已。过片彩旌云袂表明他身为王公的仪仗服饰。但这仅是外表，其实他乃是得道高人，像卖药老翁那样，他在壶中别有洞天。然而，他虽贵为王公，毕竟是降谪在人间。也许这位皇族官员在刘太后当政时并不得意。如《宋史·列传》第四《宗室》二《周王元俨》载：仁宗冲年即位，章献皇后（按即刘后）临朝，自以属尊望重，恐为太后所忌，深自沉晦。因阖门却绝人事。作者劝这位皇族高官且及时行乐。（张草纫《二晏词笺注》）

点绛唇

露下风高，井梧宫簟生秋意。画堂筵启。一曲呈珠缀。

天外行云，欲去凝香袂。炉烟起。断肠声里。敛尽双蛾翠。

◎珠缀：连接成串的珍珠。此处形容歌声圆润清亮。

◎齿如瓠犀，螓首蛾眉。（《诗经·卫风·硕人》）

◆此首随意挥写，自见情致。（赵尊岳《珠玉词选评》）

凤衔杯

青蘋昨夜秋风起。无限个、露莲相倚。独凭朱阑、愁望晴天际。空目断、遥山翠。

彩笺长，锦书细。谁信道、两情难寄。可惜良辰好景、欢娱地。只恁空憔悴。

◎夫风生于地，起于青蘋之末。（战国宋玉《风赋》）

◎目断故园人不至，松醪一醉与谁同。（唐李商隐《潭州》诗）

◎窦滔妻苏氏，始平人也。名蕙，字若兰，善属文。滔，苻坚时为秦州刺史，被遣流沙。苏氏思之，织锦为回文旋图诗以赠滔。宛转循环以读之，词甚凄惋。（《晋书·列女传》）

◎可惜欢娱地，都非少壮时。（唐杜甫《可惜》）

又

留花不住怨花飞。向南园、情绪依依。可惜倒红斜白、一枝枝。经宿雨、又离披。

凭朱槛，把金卮。对芳丛、惆怅多时。何况旧欢新恨、阻心期。空满眼、是相思。

◎离披：分散下垂，纷纷下落。

◎心期：心中的期望，心愿。

又

柳条花颣恼青春。更那堪、飞絮纷纷。一曲细丝清脆、倚朱唇。斟绿酒、掩红巾。

追往事，惜芳辰。暂时间、留住行云。端的自家心下、眼中人。到处里、觉尖新。

◎妾在巫山之阳，高丘之阻，旦为朝云，暮为行雨。朝

朝暮暮，阳台之下。（战国宋玉《高唐赋》）

◎去年寄书报阳台，今年寄书重相催。东风兮东风，为我吹行云，使西来。（唐李白《久别离》）

清平乐

春花秋草。只是催人老。总把千山眉黛扫。未抵别愁多少。

劝君绿酒金杯。莫嫌丝管声催。兔走乌飞不住，人生几度《三台》。

◎金乌长飞玉兔走，青鬓长青古无有。（唐韩琮《春愁》。兔走乌飞，古代神话传说言太阳中有三足乌，故以乌代指日；月宫中有白兔，故以兔代指月。）

◎刘禹锡《嘉话录》曰："三台送酒，盖因北齐高洋毁铜雀台，筑三个台，宫人拍手呼上台送酒。因名其曲为《三台》。"（《乐府诗集·杂曲歌辞十五·三台词序》）

◎树头花落花开，道上人去人来。朝愁暮愁即老，百年几度《三台》。（唐王建《江南三台》之三）

◆此首直抒胸臆，放胆写来，已由感慨而入于沉痛之途，故商音激楚，已非向者可比，此于晏词应视之为"别裁"。（赵尊岳《珠玉词选评》）

又

秋光向晚。小阁初开宴。林叶殷红犹未遍。雨后青苔满院。

萧娘劝我金卮。殷勤更唱新词。暮去朝来即老，人生不饮何为。

◎秋光向晚：指将近暮秋。向晚，近晚。

◎风流才子多春思，肠断萧娘一纸书。（唐杨巨源《崔娘诗》。萧娘，泛指年轻女子。）

又

春来秋去。往事知何处。燕子归飞兰泣露。光景千留不住。

酒阑人散忡忡。闲阶独倚梧桐。记得去年今日，依前黄叶西风。

◆《破阵子》词曰"忆得去年今日"，此词曰"记得去年今日"。《破阵子》词中有"黄花已满东篱"，"风飘露冷时"之句，而此词则曰"依前黄叶西风"，同属秋令。可能所怀念的是同一个人。可互相对照。（张草纫《二晏词笺注》）

又

金风细细。叶叶梧桐坠。绿酒初尝人易醉。一枕小窗浓睡。

紫薇朱槿花残。斜阳却照阑干。双燕欲归时节，银屏昨夜微寒。

◎金风：古代五行学说谓西方、秋天为金，故金风即秋风，西风。

◆情景相副，宛转关生。不求工而自合。宋初所以不可及也。（清先著、程洪《词洁》）

◆纯写秋来景色，惟结句略含清寂之思，情味于言外求之，宋初之高格也。（俞陛云《唐五代两宋词选释》）

◆此首以景纬情，妙在不着意为之，而自然温婉。（唐圭璋《唐宋词简释》）

又

红笺小字。说尽平生意。鸿雁在云鱼在水。惆怅此情难寄。

斜阳独倚西楼。遥山恰对帘钩。人面不知何处，绿波依旧东流。

◎小叠红笺书恨字，与奴方便寄卿卿。（唐韩偓《偶寄》）

◎玉珰缄札何由达，万里云罗一雁飞。（唐李商隐《春雨》）

◆低回婉曲。（清陈廷焯《词则·闲情集》）

◆言情深密处，全在"红笺小字"。既鱼沉雁杳，欲寄无由，剩有流水斜阳，供人愁望耳。以景中之情作结束，词格甚高。（俞陛云《唐五代两宋词选释》）

◆此词说离情之深，莫与伦比，用笔之妙，更匪夷所思。（赵尊岳《珠玉词选评》）

红窗听

淡薄梳妆轻结束。天意与、脸红眉绿。断环书素传情久，许双飞同宿。

一饷无端分比目。谁知道、风前月底，相看未足。此心终拟，觅鸾弦重续。

◎结束：装束，打扮。

◎比目：比目鱼的省称。常比喻恩爱的夫妻或情侣。

◎琵琶拨尽相思调。知音少。安得鸾胶续断弦。是何年。（五代陶谷《风光好》）

◆起句描写女子服色和容貌之美，三、四句谓分别后仍互通书信传情，愿结为伴侣。下片说明当时分别，实属无奈。而别后相思，常挂心怀。结句表示但愿能重续前缘。（张草纫《二晏词笺注》）

又

记得香闺临别语。彼此有、万重心诉。淡云轻霭知多少，隔桃源无处。

梦觉相思天欲曙。依前是、银屏画烛，宵长岁暮。此时何计，托鸳鸯飞去。

◎桃源：南朝宋刘义庆《幽冥录》载，东汉时，刘晨、阮肇到天台山采药迷路。遇见二仙女，邀入桃源洞。半年后回家，子孙已过七代。后再往寻找，已不知路径。

采桑子

春风不负东君信，遍拆群芳。燕子双双。依旧衔泥入杏梁。

须知一盏花前酒，占得韶光。莫话匆忙。梦里浮生足断肠。

◎东君：司春之神。

◎思为双飞燕，衔泥巢君屋。（《古诗十九首》其十二）

又

红英一树春来早，独占芳时。我有心期。把酒攀条惜绛蕤。

无端一夜狂风雨，暗落繁枝。蝶怨莺悲。满眼春愁说向谁。

又

阳和二月芳菲遍，暖景溶溶。戏蝶游蜂。深入千花粉艳中。

何人解系天边日，占取春风。免使繁红。一片西飞一片东。

◎系日：传说太阳在天上驾车巡行，故而想揽系缰绳，让太阳慢行，以延驻春光。

又

樱桃谢了梨花发，红白相催。燕子归来。几处风帘绣户开。

人生乐事知多少，且酌金杯。管咽弦哀。慢引萧娘舞袖回。

◎慢引：缓缓地引导。由于哀怨的曲调节奏比较缓慢，所以舞蹈动作的节律也相应地缓慢。

又 石竹

古罗衣上金针样，绣出芳妍。玉砌朱阑。紫艳红英照日鲜。

佳人画阁新妆了，对立丛边。试摘婵娟。贴向眉心学翠钿。

◎曾看南朝画国娃，古罗衣上碎明霞。而今莫共金钱斗，买却春风是此花。（唐陆龟蒙《石竹花咏》）

◎婵娟：本为形容花木秀美。此处指石竹花。

◎脸上金霞细，眉间翠钿深。（唐温庭筠《南歌子》）

又

时光只解催人老，不信多情。长恨离亭。泪滴春衫酒易醒。

梧桐昨夜西风急，淡月胧明。好梦频惊。何处高楼雁一声。

◎人定月胧明，香销枕簟清。（唐白居易《人定》）

又

林间摘遍双双叶，寄与相思。朱槿开时。尚有山榴一两枝。

荷花欲绽金莲子，半落红衣。晚雨微微。待得空梁宿燕归。

◎双双叶：古代年轻女子常采摘两片叶子插于发髻上，作为装饰。故寄双叶表示思念或相思之意。后人诗词中亦常用“双叶插鬟”及“双叶寄情”之句。

◎紫艳半开篱菊静，红衣落尽渚莲愁。（唐赵嘏《长安晚秋》）

喜迁莺

风转蕙，露催莲。莺语尚绵蛮。尧蓂随月欲团圆。真驭降荷兰。

褰油幕。调清乐。四海一家同乐。千官心在玉炉香。圣寿祝天长。

◎绵蛮黄鸟，止于丘陌。（《诗经·小雅·绵蛮》。绵蛮：鸟声。）

◎唐尧观蓂荚以知日月。（晋葛洪《抱朴子·对俗》。蓂，古代传说尧帝阶前所生的瑞草。）

◎真驭：仙驭，仙驾。此处借指皇帝圣驾。

◎褰：张开。

◆这是一首祝寿的词。观词句中有"尧蓂"、"圣寿"等词语，可知是在向皇帝祝寿。晏殊经历真宗、仁宗两朝。据《宋史》记载，真宗的生日是农历十二月二日，仁宗的生日是四月十四日。此词中描写的"莺语""绵蛮"、"月欲团圆"，与四月十四日完全切合。因此可以确定，这是向仁宗帝祝寿的词。"降荷兰"，"褰油幕"，说明寿筵陈设在御花园中。（张草纫《二晏词笺注》）

又

歌敛黛，舞萦风。迟日象筵中。分行珠翠簇繁红。云髻袅珑璁。

金炉暖。龙香远。共祝尧龄万万。曲终休解画罗衣。留伴彩云飞。

◎酒面浮花应是喜，歌眉敛黛不关愁。（唐白居易《赠晦叔忆梦得》）

◎春日迟迟，采蘩祁祁。（《诗经·豳风·七月》。后以迟日指春日。）

◎尧龄：相传唐尧在位九十八年，寿逾百岁。后因以"尧龄"为祝帝王长寿之语。

◎只愁歌舞散，化作彩云飞。（唐李白《宫中行乐词八首》之一）

◆词中的"迟日"、"尧龄"说明，这首词与上一首同样，是向宋仁宗祝寿的词。（张草纫《二晏词笺注》）

又

花不尽，柳无穷。应与我情同。觥船一棹百分空。何处不相逢。

朱弦悄。知音少。天若有情应老。劝君看取利名场。今古梦茫茫。

◎觥船：大容量的饮酒器。

◎百分空：百事空，这里指醉后凡事皆空。

◎衰兰送客咸阳道，天若有情天亦老。（唐李贺《金铜仙人辞汉歌》）

又

烛飘花，香掩烬，中夜酒初醒。画楼残点两三声。窗外月胧明。

晓帘垂，惊鹊去。好梦不知何处。南园

春色已归来。庭树有寒梅。

◎残点：残剩的更点，犹残更，指第五更。

又

曙河低，斜月淡，帘外早凉天。玉楼清唱倚朱弦。馀韵入疏烟。

脸霞轻，眉翠重。欲舞钗钿摇动。人人如意祝炉香。为寿百千长。

◎曙河：黎明时的银河。

◎倚朱弦：指和着乐声唱歌。

撼庭秋

别来音信千里。怅此情难寄。碧纱秋月，梧桐夜雨，几回无寐。

楼高目断，天遥云黯，只堪憔悴。念兰堂红烛，心长焰短，向人垂泪。

◎春风桃李花开日，秋雨梧桐叶落时。（唐白居易《长恨歌》）

◎梧桐树，三更雨，不道离情正苦。一叶叶，一声声，空阶滴到明。（唐温庭筠《更漏子》）

◎蜡烛有心还惜别，替人垂泪到天明。（唐杜牧《赠别》之二）

◆凡作小令，不可以文简而失其理脉。晏最工此，允为百世不祧之祖。（赵尊岳《珠玉词选评》）

少年游

重阳过后，西风渐紧，庭树叶纷纷。朱阑向晓，芙蓉妖艳，特地斗芳新。

霜前月下，斜红淡蕊，明媚欲回春。莫将琼萼等闲分。留赠意中人。

◎等闲分：随意区分。

又

霜华满树，兰凋蕙惨，秋艳入芙蓉。胭脂嫩脸，金黄轻蕊，犹自怨西风。

前欢往事，当歌对酒，无限到心中。更凭朱槛忆芳容。肠断一枝红。

◎“秋艳”句：意谓已轮到芙蓉来显示秋天的艳丽。

◎对酒当歌，人生几何。（东汉曹操《短歌行》）

◎佳人自折一枝红，把唱新词曲未终。（唐司空图《南北史·感遇十首》之八）

◆“前欢往事”指当年看花之时，有所爱的女子作伴，饮酒听歌。而现在该女已去，因此凭槛看花而思人面，为之心伤肠断。按"一枝红"亦喻指美丽的女子。唐沈亚之于长安客舍梦与秦穆公之女弄玉结为夫妻。一年后弄玉死，亚之作挽歌悼之："泣葬一枝红，生同死不同。"见《沉下贤集》卷二《春梦记》。（张草纫《二晏词笺注》）

又

芙蓉花发去年枝，双燕欲归飞。兰堂风软，金炉香暖，新曲动帘帷。

家人拜上千春寿，深意满琼卮。绿鬓朱颜，道家装束，长似少年时。

◎汉兴以来，善歌者鲁人虞公发声清哀，盖动梁尘。（《太平御览》引刘向《别录》）

◆这一首是寿词。从词中"家人拜上千春寿"及"绿鬓朱颜"看，寿主应是家中的女主人。晏殊先后娶过三位夫人，李氏、孟氏和王氏。据夏承焘《二晏年谱》："娶王当在大中祥符间，同叔二十左右，李、孟殆皆不永年也。"所以词中说"长似少年时"，亦非虚语。王夫人为国初勋臣王超之女，枢密使德用之妹。（张草纫《二晏词笺注》）

又

谢家庭槛晓无尘，芳宴祝良辰。风流妙舞，樱桃清唱，依约驻行云。

榴花一盏浓香满，为寿百千春。岁岁年

年，共欢同乐，嘉庆与时新。

◎谢家：晋太傅谢安家。泛指高门世家。

◎白尚书姬人樊素善歌，妓人小蛮善舞。尝为诗曰："樱桃樊素口，杨柳小蛮腰。"（唐孟棨《本事诗·事感》）

◆此词有"年年岁岁，共欢同乐"之语，可知亦是为夫人而作的寿词。（张草纫《二晏词笺注》）

酒泉子

三月暖风，开却好花无限了，当年丛下落纷纷。最愁人。

长安多少利名身。若有一杯香桂酒，莫辞花下醉芳茵。且留春。

◎利名身：犹名利客，追逐名利的人。

又

春色初来，遍拆红芳千万树，流莺粉蝶斗翻飞。恋香枝。

劝君莫惜缕金衣。把酒看花须强饮，明朝后日渐离披。惜芳时。

◎劝君莫惜金缕衣，劝君惜取少年时。花开堪折直须

折，莫待无花空折枝。（唐杜秋娘《金缕衣》）

木兰花

东风昨夜回梁苑，日脚依稀添一线。旋开杨柳绿蛾眉，暗拆海棠红粉面。

无情一去云中雁，有意归来梁上燕。有情无意且休论，莫向酒杯容易散。

◎梁苑：西汉梁孝王所建的东苑，故址在今河南开封市东南。当时名士司马相如、枚乘、邹阳等皆为座上客。

◎“日脚”句：意谓时令已过冬至，白昼渐长。日脚，指太阳的光线。

◎《岁时记》谓，魏晋间宫人以红线量日影。冬至后日影添长一线。（宋叶廷珪《海录碎事》）

◆此词作于宋仁宗庆历四年甲申（1044），时在汴京。宋杨湜《古今词话》：“庆历癸未十二月十九日立春，甲申元日，丞相元献公会两禁（按：指中书省和枢密院）于私第。丞相席上自作《木兰花》以侑觞，曰：‘东风昨夜回梁苑。’于时坐客皆和，亦不敢改首句‘东风昨夜’四字。今得三阕，皆失姓名。其一曰：‘东风昨夜吹春昼。陡觉去年梅蕊旧。谁人能解把长绳，系得乌飞并兔走。　清香潋滟杯中酒。新眼苗条江上柳。尊前莫惜玉颜酡，且喜一年年入手。’其二曰：‘东风昨夜传归耗。便觉银屏寒料峭。年华容易即凋零，春色只宜长恨少。　池塘隐隐惊雷晓。柳眼初开梅萼小。尊前贪爱物华新，不道物新人渐老。’其三曰：‘东风昨夜归来后。景物便为春意候。金丝齐奏喜新春，愿介香

醪千岁寿。 寻花插破桃枝臭。造化工夫先到柳。镕酥剪彩恨无香，且放真香先入酒。’”（张草纫《二晏词笺注》）

又

帘旌浪卷金泥凤，宿醉醒来长瞢松。海棠开后晓寒轻，柳絮飞时春睡重。

美酒一杯谁与共，往事旧欢时节动。不如怜取眼前人，免更劳魂兼役梦。

◎劳魂兼役梦：烦劳、役使魂梦，犹魂牵梦萦之意。

又

燕鸿过后莺归去，细算浮生千万绪。长于春梦几多时，散似秋云无觅处。

闻琴解佩神仙侣，挽断罗衣留不住。劝君莫作独醒人，烂醉花间应有数。

◎来如春梦不多时，去似朝云无觅处。（唐白居易《花非花》）

◎闻琴：《史记·司马相如列传》载：司马相如至临邛，与临邛令同至富人卓王孙家饮酒。卓王孙有女，字文君，新寡，好音乐，窃从户窥相如。相如以琴心相挑。文君夜亡奔相如。

◎解佩：汉刘向《列仙传·江妃二女》载：江妃二女出

游于江汉之湄，逢郑交甫。见而悦之，遂解佩赠与交甫。

◎举世皆浊我独清，众人皆醉我独醒。是以见放。（战国楚屈原《渔父》）

◆此词或为离去之侍妾而作。“燕鸿过后”以燕子秋去春来、鸿雁秋来春去，表示时间的消逝。莺不是候鸟，是不会归去的，而词云“莺归去”，故此处可能借指善歌之侍妾。诗词中常以莺燕喻歌姬舞伎。则燕鸿亦可能借喻女子。人生变化多端，因而不胜感慨。“长于”二句指此姬之来，为时不久，恍如一场春梦。而今离去，则如秋云之散，无法再见。“闻琴”二句谓自己与该女情好甚笃，临别依依，而终不能把她留住（或为王夫人不容）。结句自作宽解，谓人生有限，能在花间饮醉的日子为数不多，不必沉溺于痛苦之中。（张草纫《二晏词笺注》）

又

池塘水绿风微暖，记得玉真初见面。重头歌韵响铮琮，入破舞腰红乱旋。

玉钩阑下香阶畔，醉后不知斜日晚。当时共我赏花人，点检如今无一半。

◎重头：词的上下片节拍完全相同的称重头；散曲中以一曲调重复填写多遍的亦称重头。

◎入破：唐宋大曲中专用语。吴熊和《唐宋词通论·词调》：“中多慢拍，入破以后则节奏加快，转为快拍。”

◆晏元献尤喜江南冯延巳歌词。其所自作，亦不减延巳。乐府《木兰花》皆七言诗，有云：“重头歌韵响琤琮，入

破舞腰红乱旋。”“重头”、“入破”，皆管弦家语也。（宋刘攽《中山诗话》）

◆橚按：东坡诗“尊前检点几人非”，与此词结句同意。往事关心，人生如梦。每读一过，不禁怅然。（清张宗橚《词林纪事》）

◆极美满之风光，事后回思，都成陈迹。元献生当盛世，雍容台阁，而重醉花前，尚有旧人零落之感。若生逢叔季，衣冠第宅转眼都非，宁止何戡感旧耶？（俞陛云《唐五代两宋词选释》）

又

玉楼朱阁横金锁，寒食清明春欲破。窗间斜月两眉愁，帘外落花双泪堕。

朝云聚散真无那，百岁相看能几个。别来将为不牵情，万转千回思想过。

◎沉沉朱户横金锁，纱窗月影随花过。（南唐冯延巳《菩萨蛮》）

又

朱帘半下香销印。二月东风催柳信。琵琶旁畔且寻思，鹦鹉前头休借问。

惊鸿去后生离恨。红日长时添酒困。未知心在阿谁边，满眼泪珠言不尽。

◎含情欲说宫中事，鹦鹉前头不敢言。（唐朱庆馀《宫词》）

◎翩若惊鸿，婉若游龙。（三国魏曹植《洛神赋》）

◆观词中“惊鸿去后生离恨”句，可知此词为离去的歌姬而作。“琵琶”句暗示歌姬之身份。惊鸿去后，睹物思人。“鹦鹉”句谓恐为夫人所知，有所不便也。心在谁边，岂真个未知耶？亦托言耳。所以满眼泪珠而不能尽言也。（张草纫《二晏词笺注》）

又

杏梁归燕双回首，黄蜀葵花开应候。画堂元是降生辰，玉盏更斟长命酒。

炉中百和添香兽，帘外青蛾回舞袖。此时红粉感恩人，拜向月宫千岁寿。

◎降生辰：降生之日，即生日，生辰。

◎百和：百和香。由多种香料和合而成的香。

◎红日已高三丈透。金炉次第添香兽。（南唐李煜《浣溪沙》）

◆这首词是晏殊向王夫人祝寿的寿词，可与《少年游》（芙蓉花发去年枝）参阅。“黄蜀葵花开应候”与“芙蓉花发”同样表明王夫人的生日是在秋天。（张草纫《二晏词笺注》）

又

紫薇朱槿繁开后，枕簟微凉生玉漏。玳筵初启日穿帘，檀板欲开香满袖。

红衫侍女频倾酒，龟鹤仙人来献寿。欢声喜气逐时新，青鬓玉颜长似旧。

◎金吾不禁夜，玉漏莫相催。（唐苏味道《正月十五夜》）

◎玳筵：玳瑁筵，指豪华的宴席。

◎松柏与龟鹤，其寿皆千年。（唐白居易《效陶潜体诗十六首》之一）

又

春葱指甲轻拢捻，五彩条垂双袖卷。雪香浓透紫檀槽，胡语急随红玉腕。

当头一曲情无限，入破铮琮金凤战。百分芳酒祝长春，再拜敛容抬粉面。

◎双眸剪秋水，十指剥春葱。（唐白居易《筝》）

◎烦君玉指轻拢捻，慢拨鸳鸯送一杯。（唐李群玉《索曲送酒》）

◎雪香：女子肌肤的香气。

◎金凤：指琵琶、琴、筝等乐器。

又

红绦约束琼肌稳。拍碎香檀催急衮。垅头呜咽水声繁，叶下间关莺语近。

美人才子传芳信。明月清风伤别恨。未知何处有知音，长为此情言不尽。

◎急衮：乐曲急促的节奏。

◎陇头流水，鸣声幽咽。遥望秦川，肝肠断绝。（古乐府《陇头歌》。垅头，即陇头。）

◎间关莺语花底滑，幽咽泉流水下滩。（唐白居易《琵琶行》。间关，形容禽鸟鸣声宛转。）

迎春乐

长安紫陌春归早。亸垂杨、染芳草。被啼莺语燕催清晓。正好梦、频惊觉。

当此际、青楼临大道。幽会处、两情多少。莫惜明珠百琲，占取长年少。

◎紫陌红尘拂面来，无人不道看花回。（唐刘禹锡《元和十一年自朗州召至京戏赠看花诸君子》。紫陌，指京都郊外的道路。）

◎百琲：形容珍珠之多。琲，珠串子。珠十贯为一琲。

◆这首词写年轻时冶游之事。晏殊于宋仁宗皇祐二年（1050）知永兴军在长安时，年已六十，与词中“占取长年少”不合，故此处的长安应是借指宋都汴京。晏殊于宋真宗景德元年（1004）十四岁时，由故相张知白以神童荐与朝廷，始到汴京，擢秘书省正字、迁太常寺奉礼郎，再迁左正言，擢史馆。后多次迁升，都在汴京。仁宗天圣五年（1027）三十七岁时，罢枢密副使、以刑部侍郎知宋州，才离开汴京。宋沈括《梦溪笔谈》九《晏元献》条载：“及为馆职（按指真宗天禧二年晏殊二十八岁在史馆时），时天下无事，许臣僚择胜燕饮。当时侍从文馆士大夫为燕集，以至市楼酒肆，皆供帐为游息之地。公是时贫甚，不能出。独家居与昆弟讲习。一日选东宫官，忽自中批除晏殊。执政莫谕所因。次日进覆，上谕之曰：‘近闻馆阁臣寮，无不嬉游燕赏，弥日继夕。唯殊杜门与兄弟读书。如此谨厚，正可为东宫官。’公既受命得对。上面谕除授之意。公语言质野，则曰：‘臣非不乐游者。直以贫，无可为之。臣若有钱，亦须往。但无钱不能出耳。’上益嘉其诚实。”据此，则偶尔出游，亦属可能。此词所叙述，或即当年（1018）之事。（张草纫《二晏词笺注》）

诉衷情

青梅煮酒斗时新。天气欲残春。东城南陌花下，逢着意中人。

回绣袂，展香茵。叙情亲。此情拚作，千尺游丝，惹住朝云。

◎香茵：坐褥、坐垫的美称。

◎游丝：春天蜘蛛等吐出的在空气中飘荡的细丝。

◆如《浣溪沙》之“淡淡梳妆薄薄衣。天仙模样好容仪”，《诉衷情》之“东城南陌花下，逢着意中人”……庸劣可鄙，已开山谷、三变俳语之体。（吴梅《词学通论》）

又

东风杨柳欲青青。烟淡雨初晴。恼他香阁浓睡，撩乱有啼莺。

眉叶细，舞腰轻。宿妆成。一春芳意，三月和风，牵系人情。

◎打起黄莺儿，莫教枝上啼。啼时惊妾梦，不得到辽西。（唐金昌绪《春怨》诗）

又

芙蓉金菊斗馨香。天气欲重阳。远村秋色如画，红树间疏黄。

流水淡，碧天长。路茫茫。凭高目断，鸿雁来时，无限思量。

◆据夏承焘《二晏年谱》：“仁宗宝元元年戊寅（1038），四十八岁，自陈州召还为御史中丞三司使。”又：“《宋元宪集》有《和中丞晏尚书木芙蓉金菊追忆谯郡旧花》、《和杨学士和答中丞晏尚书西园玩菊》诸诗。《宋景文集》有《和三司晏尚书忆谯涡》诸诗……当皆此时作。

《珠玉词》有《诉衷情》'芙蓉金菊斗馨香'，'数枝金菊对芙蓉'二首，据二宋诗题，知二词皆此年作。"按谯涡在今安徽省亳州市。晏殊于仁宗明道二年（1033）四十三岁时罢参知政事知亳州。可知此词中"无限思量"之人，乃指当年在亳州的歌妓（参阅下一首《诉衷情》词中的"谢娘愁卧，潘令闲眠，心事无穷"）。（张草纫《二晏词笺注》）

又

数枝金菊对芙蓉。摇落意重重。不知多少幽怨，和露泣西风。

人散后，月明中。夜寒浓。谢娘愁卧，潘令闲眠，心事无穷。

◎悲哉，秋之为气也，萧瑟兮草木摇落而变衰。（战国楚宋玉《九辩》）

◎谢娘：唐宰相李德裕歌妓谢秋娘甚有名，后因以"谢娘"借指歌妓。此处指作者所思念的亳州歌妓。

◎潘令：晋潘岳曾为河阳令，故称潘令。此作者自指。

◆此首与上一首作于同时。据宋庠《宋元宪集》和宋祁《宋景文集》所载和诗，知晏殊还作《木芙蓉金菊追忆谯郡旧花》、《忆谯涡二首》、《咏芙蓉金菊》等诗，已佚。（张草纫《二晏词笺注》）

又

露莲双脸远山眉。偏与淡妆宜。小庭帘

幕春晚，闲共柳丝垂。

人别后，月圆时。信迟迟。心心念念，说尽无凭，只是相思。

◆“心心念念，说尽无凭，只是相思”诸语，庸劣可鄙，已开山谷、三变俳语之体。（吴梅《词学通论》）

又

秋风吹绽北池莲。曙云楼阁鲜。画堂今日嘉会，齐拜玉炉烟。

斟美酒，祝芳筵。奉觥船。宜春耐夏，多福庄严，富贵长年。

◎觥船：容量大的酒器。

又

世间荣贵月中人。嘉庆在今辰。兰堂帘幕高卷，清唱遏行云。

持玉盏，敛红巾。祝千春。榴花寿酒，金鸭炉香，岁岁长新。

又

海棠珠缀一重重。清晓近帘栊。胭脂谁

与匀淡，偏向脸边浓。

看叶嫩，惜花红。意无穷。如花似叶，岁岁年年，共占春风。

◎珠缀：犹珠串，连缀的珍珠。借指露珠。

◎“胭脂”二句：意谓海棠花与人面相比，人面比花更为红润。

胡捣练

小桃花与早梅花，尽是芳妍品格。未上东风先拆。分付春消息。佳人钗上玉尊前，朵朵秾香堪惜。谁把彩毫描得。免恁轻抛掷。

◎“未上”句：意谓东风尚未吹来就先开花了。

◎分付：付与，交给。引申为带来。

殢人娇

二月春风，正是杨花满路。那堪更、别离情绪。罗巾掩泪，任粉痕沾污。争奈向、千留万留不住。

玉酒频倾，宿眉愁聚。空肠断、宝筝弦柱。人间后会，又不知何处。魂梦里、也须时时飞去。

◎新年鸟声千种啭，二月杨花满路飞。（北周庾信《春赋》）

又

玉树微凉，渐觉银河影转。林叶静、疏红欲遍。朱帘细雨，尚迟留归燕。嘉庆日、多少世人良愿。

楚竹惊鸾，秦筝起雁。萦舞袖、急翻罗荐。《云回》一曲，更轻拢檀板。香炷远、同祝寿期无限。

◎“惊鸾”、“起雁”喻吹奏之妙。

◎长鬟如云衣似雾，锦茵罗荐承轻步。（唐刘禹锡《泰娘歌》。罗荐，丝织的坐垫、坐褥或地毯。）

◎急翻：指舞姬在地毯上快速翻舞。

又

一叶秋高，向夕红兰露坠。风月好、乍凉天气。长生此日，见人中嘉瑞。斟寿酒、重唱妙声珠缀。

凤箫移宫，钿衫回袂。帘影动、鹊炉香细。南真宝箓，赐玉京千岁。良会永、莫惜流霞同醉。

◎见一叶落而知岁之将暮，睹瓶中之冰而知天下之寒。(《淮南子·说山训》)

◎山僧不知数甲子，一叶落知天下秋。(陈元靓《岁时广记》卷三引唐人诗)

◎见红兰之受露，望青楸之罹霜。(南朝江淹《别赋》)

◎长生：指生日。

◎凤筦：指笙箫之类的乐器。筦，同“管”。

◎移宫：指演奏乐曲改换音调。宫，古代乐曲五音(宫、商、角、徵、羽)之一。

◎南真：即南极老寿星，古时认为他是司理人的寿命的神仙。

◎宝箓：指南极老寿星手中的名册，上面有每人寿数。

◎玉京：道家称天帝所居之处。借喻帝都。句谓愿南极老寿星赐与寿主千岁之寿，在京都陪侍帝王。

◎(项曼都)曰：“有仙人数人，将我上天……日饥饮食，仙人辄饮我以流霞一杯。每饮一杯，数月不饥。”(汉王充《论衡·道虚》。流霞，传说中的神仙饮料。)

踏莎行

细草愁烟，幽花怯露。凭阑总是销魂处。日高深院静无人，时时海燕双飞去。

带缓罗衣，香残蕙炷。天长不禁迢迢路。垂杨只解惹春风，何曾系得行人住。

◎相去日已远，衣带日已缓。（《古诗十九首》之一）

◆娇怨。（明沈际飞《草堂诗馀别集》）

◆晏殊《珠玉词》极流丽，能以翻用成语见长。如“垂杨只解惹春风，何曾系得行人住”，又“春风不解禁杨花，濛濛乱扑行人面”等句是也。翻覆用之，各尽其致。（清李调元《雨村词话》）

◆此词由眼前之秋景，追忆残秋之欢悰，感慨甚深，句意至韵，而用笔质朴。（赵尊岳《珠玉词选评》）

又

祖席离歌，长亭别宴。香尘已隔犹回面。居人匹马映林嘶，行人去棹依波转。

画阁魂消，高楼目断。斜阳只送平波远。无穷无尽是离愁，天涯地角寻思遍。

◎祖席洛桥边，亲交共黯然。（唐韩愈《祖席前字》。祖席，古代出行时祭祀路神曰祖，故称饯别的筵席为祖席。）

◎十里五里，长亭短亭。（北周庾信《哀江南赋》）

◎舟凝滞于水滨，车逶迟于山侧。棹容与而讵前，马寒鸣而不息。（南朝江淹《别赋》）

◎倚棹忽寻思，去年池上伴。（唐白居易《南池早春有怀》）

◆“斜阳只送平波远”，又“春来依旧生芳草”，淡语之有致者也。（明王世贞《弇州山人词评》）

◆此首为送行之作，足抵一篇《别赋》……通体自送别

至别后，以次描摹，历历如画。（唐圭璋《唐宋词简释》）

又

碧海无波，瑶台有路。思量便合双飞去。当时轻别意中人，山长水远知何处。

绮席凝尘，香闺掩雾。红笺小字凭谁附。高楼目尽欲黄昏，梧桐叶上萧萧雨。

◎碧海、瑶台：神话中神仙居处。

◎红笺小字，说尽平生意。鸿雁在云鱼在水，惆怅此情难寄。（宋晏殊《清平乐》）

◆起三句妙，是凭空结撰。（清陈廷焯《词则·闲情集》）

又

绿树归莺，雕梁别燕。春光一去如流电。当歌对酒莫沉吟，人生有限情无限。

弱袂萦春，修蛾写怨。秦筝宝柱频移雁。尊中绿醑意中人，花朝月夜长相见。

◎盖人生天地之间也，若流电之过户牖，轻尘之栖弱草。（《艺文类聚》卷六引三国魏李康《游山序》）

◎绿醑：绿色美酒。

又

小径红稀，芳郊绿遍。高台树色阴阴见。春风不解禁杨花，濛濛乱扑行人面。

翠叶藏莺，朱帘隔燕。炉香静逐游丝转。一场愁梦酒醒时，斜阳却照深深院。

◎卑枝低结子，接叶暗巢莺。（唐杜甫《陪郑广文游何将军山林十首》其二）

◎隔帘微雨双飞燕。砌花零落红深浅。（五代李珣《菩萨蛮》）

◎小阁重帘有燕过，晚花红片落庭莎。（宋晏殊《浣溪沙》）

◆景物不殊，运掉能离奇夭娇。"深深"妙，换不得实字。（明沈际飞《草堂诗馀正集》）

◆"夕阳如有意，偏傍小窗明"（按：此唐方棫《失题》诗）不若晏同叔"一场愁梦酒醒时，斜阳却照深深院"更自神到。（清沈谦《填词杂说》）

◆晏殊《珠玉词》极流丽，能以翻用成语见长。如"垂杨只解惹春风，何曾系得行人住"，又"春风不解禁杨花，濛濛乱扑行人面"等句是也。翻覆用之，各尽其致。（清李调元《雨村词话》）

◆此为伤春之作，而结句尤深妙，有禅境。（张伯驹《丛碧词话》）

◆这首词描写暮春景象。或谓词中有刺，并比附君子小人，恐失之穿凿。（张草纫《二晏词笺注》）

渔家傲

画鼓声中昏又晓，时光只解催人老。求得浅欢风日好。齐揭调，神仙一曲《渔家傲》。

绿水悠悠天杳杳，浮生岂得长年少。莫惜醉来开口笑。须信道，人间万事何时了。

◎揭调：高调。

◎尘世难逢开口笑，菊花须插满头归。（唐杜牧《九日齐安登高》）

又

荷叶荷花相间斗，红娇绿嫩新妆就。昨日小池疏雨后。铺锦绣，行人过去频回首。

倚遍朱阑凝望久，鸳鸯浴处波文皱。谁唤谢娘斟美酒。萦舞袖，当筵劝我千长寿。

又

荷叶初开犹半卷，荷花欲拆犹微绽。此叶此花真可羡。秋水畔，青凉伞映红妆面。

美酒一杯留客宴，拈花摘叶情无限。争奈世人多聚散。频祝愿，如花似叶长相见。

又

杨柳风前香百步，盘心碎点真珠露。疑是水仙开洞府。妆景趣，红幢绿盖朝天路。

小鸭飞来稠闹处，三三两两能言语。饮散短亭人欲去。留不住，黄昏更下萧萧雨。

◎相传龟蒙多智数，狡狯。居笠泽，有内养自长安使杭州，舟出舍下。小童奴以小舟驱群鸭出，内养弹其一绿头雄鸭，折颈。龟蒙遽从舍出，大呼云："此绿鸭有异，善人言，适将献状本州，贡天子。今持此死鸭以诣官自言耳。"内养少长宫禁，不知外事，信然，甚惊骇。厚以金帛遗之，龟蒙乃止。因徐问龟蒙曰："此鸭何言？"龟蒙曰："常自呼其名。"巧捷多类此。（唐陆龟蒙《甫里文集》附录《杨文公谈苑》）

又

粉笔丹青描未得，金针彩线功难敌。谁傍暗香轻采摘。风淅淅，船头触散双鸂鶒。

夜雨染成天水碧，朝阳借出胭脂色。欲落又开人共惜。秋气逼，盘中已见新莲菂。

◎天水碧：浅青色。相传南唐后主李煜宫女染衣作浅碧色，经露水湿染，颜色更好，故名。

◎象齿熏炉未觉秋，碧池已有新莲子。（唐温庭筠《织锦词》。菂，莲子。）

又

叶下䴔䴖眠未稳，风翻露飐香成阵。仙女出游知远近。羞借问。饶将绿扇遮红粉。

一掬蕊黄沾雨润。天人乞与金英嫩。试折乱条醒酒困。应有恨。芳心拗尽丝无尽。

◎浪起䴔䴖眠不得，寒沙细细入江流。（唐皇甫松《浪淘沙》）

◎饶：尽管，任凭。

又

罨画溪边停彩舫，仙娥绣被呈新样。飒飒风声来一饷。愁四望，残红片片随波浪。

琼脸丽人青步障，风牵一袖低相向。应有锦鳞闲倚傍。秋水上，时时绿柄轻摇扬。

◎“仙娥”句：形容溪中的荷花荷叶像仙女的绣被。

又

宿蕊斗攒金粉闹，青房暗结蜂儿小。敛面似啼开似笑。天与貌，人间不是铅华少。

叶软香清无限好，风头日脚干催老。待得玉京仙子到。凭向道，红颜只合长年少。

◎斗攒：争先伸长。

◎青房：莲房。

◎蜂儿：借指莲子，莲菂。

◎干：没来由。

又

脸傅朝霞衣剪翠，重重占断秋江水。一曲《采莲》风细细。人未醉，鸳鸯不合惊飞起。

欲摘嫩条嫌绿刺，闲敲画扇偷金蕊。半夜月明珠露坠。多少意，红腮点点相思泪。

◎ “脸傅”句：以朝霞傅脸，剪翠羽为衣。此用拟人法形容荷花荷叶之美。

◆这首词写游湖之趣。《明一统志》卷二十七《归德府》载：“南湖在归德府城南五里。宋晏元献放驯鹭于湖中。”归德为今河南商丘县。据夏承焘《二晏年谱》，晏殊于宋仁宗天圣五年（1027）三十七岁时罢枢密副使，以刑部侍郎知宋州（今商丘），与王琪、张亢等幕客泛舟湖中。以诸妓随。晏殊在商丘待了将近二年。《渔家傲》咏荷诸词，可能大多作于此时。（张草纫《二晏词笺注》）

又

越女采莲江北岸，轻桡短棹随风便。人貌与花相斗艳。流水慢，时时照影看妆面。

莲叶层层张绿伞，莲房个个垂金盏。一把藕丝牵不断。红日晚，回头欲去心撩乱。

◆有顾影自怜意。（清陈廷焯《词则·闲情集》）

◆缠绵尽致。（清陈廷焯《词则·闲情集》）

又

粉面啼红腰束素，当年拾翠曾相遇。密意深情谁与诉。空怨慕，西池夜夜风兼露。

池上夕阳笼碧树，池中短棹惊微雨。水泛落英何处去。人不语，东流到了无停住。

◎腰如束素，齿如含贝。（战国宋玉《登徒子好色赋》）

◎拾翠：拾取翠鸟羽毛以为饰物。后多指妇女游春，在郊外采集花草。

◆此词为怀念旧日情人而作。西池为当年初遇之处。（张草纫《二晏词笺注》）

又

幽鹭慢来窥品格，双鱼岂解传消息。绿柄嫩香频采摘。心似织，条条不断谁牵役。

粉泪暗和清露滴，罗衣染尽秋江色。对面不言情脉脉。烟水隔，无人说似长相忆。

◎白鹭潜来兮,邈风标之公子。(唐杜牧《晚晴赋》)

◎荷花相逐去何处,幽鹭独来无限时。(唐郑谷《水》)

◎嗟我怀人,忧心如织。(唐皎然《浮云三章》之二)

◎几多心事,暗地思惟。被娇娥牵役,魂梦如痴。(五代顾敻《献衷心》)

◎盈盈一水间,脉脉不得语。(《古诗十九首》之十)

◎别后相思烟水隔,菖蒲花发五云高。(唐元稹《寄赠薛涛》)

又

楚国细腰元自瘦,文君腻脸谁描就。日夜声声催箭漏。昏复昼,红颜岂得长如旧。

醉折嫩房和蕊嗅,天丝不断清香透。却傍小阑凝坐久。风满袖,西池月上人归后。

◎楚灵王好细腰,而国中多饿人。(《韩非子·二柄》)

◎西风稍急喧窗竹。停又续,腻脸悬双玉。(五代阎选《河传》)

◎银箭金壶漏水多,起看秋月坠江波。(唐李白《乌栖曲》)

◎嫩房:指柔嫩的莲房。

◎独立小楼风满袖,平林新月人归后。(南唐冯延巳《鹊踏枝》)

◆欧阳公咏莲花《渔家傲》云:“叶重如将青玉亚。

花轻疑是红绡挂。颜色清新香脱洒。堪长价。牡丹怎得称王者。雨笔露笺吟彩画。日炉风炭熏兰麝。天与多情丝一把。谁斯惹。千条万缕萦心下。”又云：“楚国纤腰元自瘦（下略。按此首为晏殊词，误作欧词）。”前首工致，后首情思两极。古今莲词第一也。（明杨慎《词品》）

◆言下神领意得。（明沈际飞《草堂诗馀别集》）

又

嫩绿堪裁红欲绽，蜻蜓点水鱼游畔。一霎雨声香四散。风飐乱，高低掩映千千万。

总是凋零终有限，能无眼下生留恋。何似折来妆粉面。勤看玩，胜如落尽秋江岸。

◎穿花蛱蝶深深见，点水蜻蜓款款飞。（唐杜甫《曲江二首》其二）

◆或谓以上十四首《渔家傲》为一组鼓子词，皆咏荷花，作于仁宗庆历四年（1044）九月至七年（1047）晏殊谪居颍州在西湖游赏时。然而《渔家傲》词牌，历来认为因晏词有“神仙一曲《渔家傲》”之句而得名。此句在这十四首《渔家傲》的第一首词中。而在此之前，仁宗康定元年（1040），范仲淹为陕西经略安抚使时，已作了著名的《渔家傲》“塞下秋来风景异”词，可证晏殊的第一首《渔家傲》必作于范词之前。有可能作于天圣五年（1027）在商丘南湖与王琪、张亢一起泛舟时。第十一首及第十三首均提到在汴京西池与女友相遇和别后思念之事，也应作于谪居颍州之前。由此可见，这十四首《渔家傲》词并不作于一时一

地。其中一部分作于颍州西湖，一部分作于商丘南湖及汴京西池。（张草纫《二晏词笺注》）

雨中花

剪翠妆红欲就，折得清香满袖。一对鸳鸯眠未足，叶下长相守。

莫傍细条寻嫩藕，怕绿刺、罥衣伤手。可惜许、月明风露好，恰在人归后。

◎罥衣：挂、粘在衣服上。

◎试牵绿茎下寻藕，断处丝多刺伤手。（唐张籍《采莲曲》）

◆予家空青（曾纡）喜晏元宪词"可惜许、月明风露好，恰在人归后"，每作郡处燕客，多令歌者以此为汤词。亦取其说得客散后风景佳故也。（宋曾季狸《艇斋诗话》）

瑞鹧鸪 咏红梅

越娥红泪泣朝云。越梅从此学妖嚬。腊月初头、庾岭繁开后，特染妍华赠世人。

前溪昨夜深深雪。朱颜不掩天真。何时驿使西归，寄与相思客，一枝新。报道江南别样春。

◎半夜娃宫作战场，血腥犹杂宴时香。西施不及烧残

蜡，犹为君王泣数行。（唐皮日休《馆娃宫怀古五绝》之三）

◎红泪：见《谒金门》（秋露坠）词注。

◎嚬：同“颦”，指皱眉。相传西施病心痛而捧心颦眉，益见其美。邻舍之丑女见而学之，倍增其丑。见《庄子·天运》。

◎庾岭梅先觉，隋堤柳暗惊。（唐郑谷《咸通十四年府试木向荣》诗）

◎取白雪，取红花，与儿洗面作妍华。（北齐卢士深妻崔氏《靧面辞》））

◎前村深雪里，昨夜一枝开。（唐齐己《早梅》）

◎陆凯与范晔相善。自江南寄梅花一枝，诣长安与晔，并赠花诗曰：“折花逢驿使，寄与陇头人。江南无所有，聊赠一枝春。”（《太平御览》引南朝宋盛弘之《荆州记》）

又

江南残腊欲归时。有梅红亚雪中枝。一夜前村、间破瑶英拆，端的千花冷未知。

丹青改样匀朱粉，雕梁欲画犹疑。何妨与向冬深，密种秦人路，夹仙溪。不待夭桃客自迷。

◎江南近腊时，已亚雪中枝。（五代熊皎《早梅》诗。亚，低垂。）

◎瑶英：白玉，借喻雪。句谓红梅破雪开放。

◎“何妨”四句：晋陶潜《桃花源记》载，武陵渔人进一小溪，夹岸皆种桃树，林木尽处有一山洞。渔人穿过山洞，见一村庄，村中人为避秦乱至此的人们的后裔。此处与世隔绝，仿佛人间仙境。后遂称此为世外桃源。渔人归家后，再次往寻，已迷不得路。秦人路，即去桃源的路。此为最初避秦之人进入桃源之路，故称秦人路。仙溪，后人把桃花源当作仙境，称为仙源。此谓既然不能把红梅画在梁柱上，还不如把红梅种在桃花溪上。这样，桃花未开放之时，有人来寻访，也会迷路。意即赞美红梅绽放之盛犹若桃花。

望仙门

紫薇枝上露华浓，起秋风。管弦声细出帘栊，象筵中。

仙酒斟云液，仙歌转绕梁虹。此时佳会庆相逢。庆相逢，欢醉且从容。

◎象筵：豪华的筵席。

◎云液：古代扬州名酒，亦泛指名酒。

◎昔韩娥东之齐，匮粮，过雍门，鬻歌假食。既去，而馀音绕梁欐，三日不绝。（《列子·汤问》）

又

玉壶清漏起微凉，好秋光。金杯重叠满琼浆，会仙乡。

新曲调丝管，新声更飐霓裳。博山炉暖

泛浓香。泛浓香，为寿百千长。

又

玉池波浪碧如鳞，露莲新。清歌一曲翠眉嚬，舞华茵。

满酌兰英酒，须知献寿千春。太平无事荷君恩。荷君恩，齐唱《望仙门》。

长生乐

玉露金风月正圆，台榭早凉天。画堂嘉会，组绣列芳筵。洞府星辰龟鹤，来添福寿。欢声喜色，同入金炉泛浓烟。

清歌妙舞，急管繁弦。榴花满酌觥船。人尽祝、富贵又长年。莫教红日西晚，留着醉神仙。

◎由来碧落银河畔，可要金风玉露时。（唐李商隐《辛未七夕》。玉露，露水的美称。金风，秋风。）

◎组绣：指穿刺绣衣服的侍女、歌女。

◎洞府：道教指神仙所居之处。

◎星辰：犹星宿。星相家认为天上的星与尘世的贵人是相应的。故借指贵人。

◎修蛾慢脸灯下醉，急管繁弦头上催。（唐白居易《忆旧游》）

又

阆苑神仙平地见，碧海架蓬瀛。洞门相向，倚金铺微明。处处天花撩乱，飘散歌声。装真筵寿，赐与流霞满瑶觥。

红鸾翠节，紫凤银笙，玉女双来近彩云。随步朝夕拜三清，为传王母金箓，祝千岁长生。

◎蓬瀛：蓬莱和瀛洲，相传为神仙所居的海上神山。

◎华阙双邈，重门洞开。金铺交映，玉题相辉。（晋左思《蜀都赋》。金铺，门上用以挂锁的铜环纽。）

◎装真：此处谓悬挂南极老寿星图作为寿筵上的装饰。真，仙真，南真，指南极老寿星。

◎三清：道教指玉清境洞真教主元始天尊、上清境洞玄教主灵宝天尊、太清境洞神教主道德天尊。

◎王母金箓：此处借指太后的懿旨。箓，古代称上天赐予帝王的符命文书。

◆这一首也是寿词。从词语的隆重和场面的宏伟看，寿主是皇族中一位地位极高的王公。从史实推测，此人很可能是仁宗帝的叔父荆王元俨。他是宋太宗第八子，人称八王，即民间故事中的八贤王。（张草纫《二晏词笺注》）

蝶恋花

一霎秋风惊画扇，艳粉娇红，尚拆荷花面。草际露垂虫响遍，珠帘不下留归燕。

扫掠亭台开小院，四坐清欢，莫放金杯浅。龟鹤命长松寿远，《阳春》一曲情千万。

◎常恐秋节至，凉飚夺炎热。弃捐箧笥中，恩情中道绝。（汉班婕妤《怨诗》）

◎疏通竹径将迎月，扫掠莎台欲待春。（唐白居易《题新居寄宣州崔相公》）

又

紫菊初生朱槿坠，月好风清，渐有中秋意。更漏乍长天似水，银屏展尽遥山翠。

绣幕卷波香引穗，急管繁弦，共庆人间瑞。满酌玉杯萦舞袂，南春祝寿千千岁。

◎八月更漏长，愁人起常早。（唐戎昱《长安秋夕》）

◎卷波：即卷白波，古代酒令名。

◎人间瑞：即人瑞，指长寿的人。

又

帘幕风轻双语燕，午醉醒来，柳絮飞撩乱。心事一春犹未见，馀花落尽青苔院。

百尺朱楼闲倚遍，薄雨浓云，抵死遮人面。消息未知归早晚，斜阳只送平波远。

◆“斜阳只送平波远”，又“春来依旧生芳草”，淡语之有致者也。（明王世贞《弇州山人词评》）

◆末句与“斜阳却照深深院”、“斜阳只与黄昏近”，各有佳境。（明卓人月《古今词统》）

◆得“未见心事”句、“馀花落”句，并不寻常。（明沈际飞《草堂诗馀正集》）

◆“未见”、“未知”，比偶妙。（明沈际飞《草堂诗馀正集》）

◆斜阳送波远望之，淡然其中，甚切。不许速领，必数过之。（明沈际飞《草堂诗馀正集》）

又

玉椀冰寒消暑气，碧簟纱厨，向午朦胧睡。莺舌惺松如会意，无端画扇惊飞起。

雨后初凉生水际，人面荷花，的的遥相似。眼看红芳犹抱蕊，丛中已结新莲子。

◎惺松：形容声音轻快。

◎的的：鲜明亮丽貌。

又

梨叶疏红蝉韵歇，银汉风高，玉管声凄切。枕簟乍凉铜漏咽，谁教社燕轻离别。

草际蛩吟珠露结，宿酒醒来，不记归时节。多少衷肠犹未说，朱帘一夜朦胧月。

◎社燕：燕子为候鸟，春社时来，秋社时去，故称社燕。此处当是以燕喻人。

◎蛩：蟋蟀的别名。

又

南雁依稀回侧阵，雪霁墙阴，偏觉兰芽嫩。中夜梦馀消酒困，炉香卷穗灯生晕。

急景流年都一瞬，往事前欢，未免萦方寸。腊后花期知渐近，寒梅已作东风信。

◎雪霁：雪后放晴。

◎梦觉灯生晕，宵残雨送凉。（唐韩愈《宿龙宫滩》）

拂霓裳

庆生辰，庆生辰是百千春。开雅宴，画堂高会有诸亲。钿函封大国，玉色受丝纶。感皇恩。望九重、天上拜尧云。

今朝祝寿，祝寿数，比松椿。斟美酒，至心如对月中人。一声檀板动，一炷蕙香焚。祷仙真。愿年年今日、喜长新。

◎“玉色”句：句谓麻布诏书上写着君王的祝辞。

◎帝尧者，放勋。其仁如天，其知如神，就之如日，望之如云。（《史记·五帝本纪》）

◎上古有大椿者，以八千岁为春，八千岁为秋。（《庄子·逍遥游》）

◆这首寿词从内容看，寿主是晏殊的妻子王夫人。欧阳修《观文殿大学士行兵部尚书西京留守赠司空兼侍中晏公神道碑铭》："（妻）王氏，太师尚书令超之女，封荣国夫人。"这首词的特点，是除了祝寿之外，还庆贺她得到国夫人的皇封诰命，并表示对君王的感恩。国夫人是外命妇的最高品级，只有王公和宰相的母亲、妻子才能够得此封号。据《二晏年谱》载，宋仁宗庆历三年（1043）三月，晏殊为集贤殿大学士，并兼枢密使，继吕夷简为宰相。以此推测，在庆历三年三月晏殊拜相后，隔了四、五个月，到王夫人生日，才赐予她国夫人的封号。王夫人的生日在秋天，参阅另外一首写给王夫人的寿词《少年游》（芙蓉花发去年枝）。（张草纫《二晏词笺注》）

又

喜秋成，见千门万户乐升平。金风细，玉池波浪縠文生。宿露沾罗幕，微凉入画屏。张绮宴，傍熏炉蕙炷、和新声。

神仙雅会，会此日，象蓬瀛。管弦清，旋翻红袖学飞琼。光阴无暂住，欢醉有闲情。祝辰星。愿百千为寿、献瑶觥。

◎万家相庆喜秋成，处处楼台歌板声。（唐杜牧《八月十二日得替后移居霅溪馆因题长句四韵》）

◎江上春来新雨晴，瀼西春水縠纹生。（唐刘禹锡《竹枝》。縠文，像縠纱似的水波，指细小的水波。）

◎蓬瀛：见《长生乐》（阆苑神仙平地见）词注。

◎（王母）又命侍女董双成吹云和之笙，石公子击昆庭之金，许飞琼鼓震灵之簧。（《汉武帝内传》）

又

乐秋天，晚荷花缀露珠圆。风日好，数行新雁贴寒烟。银簧调脆管，琼柱拨清弦。捧觥船。一声声、齐唱太平年。

人生百岁，离别易，会逢难。无事日，剩呼宾友启芳筵。星霜催绿鬓，风露损朱颜。惜清欢。又何妨、沉醉玉尊前。

◎剩呼：多呼。

◎朝来暮去星霜换，阴惨阳舒气序牵。（唐白居易《岁晚旅望》）

菩萨蛮

芳莲九蕊开新艳，轻红淡白匀双脸。一朵近华堂，学人宫样妆。

看时斟美酒，共祝千年寿。销得曲中夸，世间无此花。

◎重碧拈春酒，轻红擘荔枝。（唐杜甫《宴戎州杨使君

东楼》)

◎高髻云鬟宫样妆，春风一曲杜韦娘。(唐刘禹锡《赠李司空妓》)

◎销得：值得。

又

秋花最是黄葵好，天然嫩态迎秋早。染得道家衣，淡妆梳洗时。

晓来清露滴，一一金杯侧。插向绿云鬓，便随王母仙。

◎道家衣：道家之服尚黄，故借以喻黄葵之花。

◎黄葵二月下种，或宿子在土自生，至夏始长。……六月开花，大如碗。鹅黄色，紫心六瓣而侧。旦开午收暮落。人亦呼为侧金盏花。(明李时珍《本草纲目》卷十六《草·黄蜀葵集解》)

又

人人尽道黄葵淡，侬家解说黄葵艳。可喜万般宜，不劳朱粉施。

摘承金盏酒，劝我千长寿。擎作女真冠，试伊娇面看。

◎女真：女道士。

又

高梧叶下秋光晚，珍丛化出黄金盏。还似去年时，傍阑三两枝。

人情须耐久，花面长依旧。莫学蜜蜂儿，等闲悠扬飞。

◎黄金盏：喻指黄葵花。

◎等闲：轻易，随便。

◆此为寻常感怅，出于信口，不待刻意经心而自成佳作者。自唐以来，歌筵酒座，无不唱词以侑觞，所唱多属小令。《菩萨蛮》、《浣溪沙》等，更为尽人皆知之乐调。（赵尊岳《珠玉词选评》）

秋蕊香

梅蕊雪残香瘦，罗幕轻寒微透。多情只似春杨柳，占断可怜时候。

萧娘劝我杯中酒，翻红袖。金乌玉兔长飞走，争得朱颜依旧。

◎金乌玉兔：指太阳、月亮。

又

向晓雪花呈瑞，飞遍玉城瑶砌。何人剪

碎天边桂，散作瑶田琼蕊。

萧娘敛尽双蛾翠，回香袂。今朝有酒今朝醉，遮莫更长无睡。

◎今朝有酒今朝醉，明日愁来明日愁。（唐罗隐《自遣》）

◎遮莫：尽教。

◎更长：夜长。

相思儿令

昨日探春消息，湖上绿波平。无奈绕堤芳草，还向旧痕生。

有酒且醉瑶觥，更何妨、檀板新声。谁教杨柳千丝，就中牵系人情。

◎都城士女，每至正月半后，各乘车跨马供帐于园圃或郊野中，为探春之宴。（五代王仁裕《开元天宝遗事》）

◎春物牵情不奈何，就中杨柳态难过。（唐孙鲂《柳十一首》之四）

◆“春来依旧生芳草”，何其逼肖。（明卓人月《古今词统》）

又

春色渐芳菲也，迟日满烟波。正好艳阳

时节，争奈落花何。

醉来拟恣狂歌，断肠中、赢得愁多。不如归傍纱窗，有人重画双蛾。

◎迟日：春日。

滴滴金

梅花漏泄春消息，柳丝长，草芽碧。不觉星霜鬓边白，念时光堪惜。

兰堂把酒留嘉客，对离筵，驻行色。千里音尘便疏隔，合有人相忆。

◎侵陵雪色还萱草，漏泄春光有柳条。（唐杜甫《腊日》）

◎星星白发，生于鬓垂。（晋左思《白发赋》）

◎家国身犹负，星霜鬓已侵。（唐耿湋《雨中宿义兴寺诗》）

◎芦花千里霜月白。伤行色。明朝便是关山隔。（南唐冯延巳《归国谣》）

山亭柳 赠歌者

家住西秦，赌博艺随身。花柳上、斗尖新。偶学念奴声调，有时高遏行云。蜀锦缠头无数，不负辛勤。

数年来往咸京道，残杯冷炙谩消魂。衷肠事、托何人。若有知音见采，不辞遍唱《阳春》。一曲当筵落泪，重掩罗巾。

◎花柳：指寻欢作乐的游艺。

◎力士传呼觅念奴，念奴潜伴诸郎宿。（唐元稹《连昌宫》词。自注："念奴，天宝宫中名倡，善歌。"）

◎旧俗，赏歌舞人，以锦采缠之头上，谓之缠头。（《太平御览》卷八一五引《唐书》）

◎五陵年少争缠头，一曲红绡不知数。（唐白居易《琵琶行》）

◎残杯与冷炙，到处潜悲辛。（唐杜甫《奉赠韦左丞丈二十二韵》）

◆词的标题为"赠歌者"，说明是在听歌女演唱后写的。这首词在整个《珠玉词》中是很特殊的。它无论在内容上还是风格上都与其馀的词不同。在其馀的词里，晏殊写饮酒听歌，只是为了消遣，享受，及时行乐，或者是排解他对时光易逝、生命短促而感受的淡淡的哀愁，风格表现为温婉、舒坦、旷达、清朗，而这首词却充满了悲凉激越的情调。

词中指出歌女卖艺是在咸京道上。晏殊于宋仁宗皇祐三年（1050）秋六十岁时以观文殿大学士知永兴军，在长安约三年之久。这首词可能就是在那段时间中作的。他于仁宗庆历四年（1044）九月五十四岁时罢相知颍州，后又迁陈州、许州，再迁知永兴军时，谪居已六年有馀，而且年岁已老，所以对歌女的"数年来往咸京道"，同样产生了天涯沦落之感，才发出这种变徵之声。近人郑骞指出，这首词是

"借他人杯酒浇自己块垒",颇有见地。(张草纫《二晏词笺注》)

睿恩新

芙蓉一朵霜秋色,迎晓露、依依先拆。似佳人、独立倾城,傍朱槛、暗传消息。

静对西风脉脉,金蕊绽、粉红如滴。向兰堂、莫厌重深,免清夜、微寒渐逼。

◎北方有佳人,绝世而独立。一顾倾人城,再顾倾人国。(汉李延年《歌》)

◎盈盈一水间,脉脉不得语。(《古诗十九首》其十)

又

红丝一曲傍阶砌。珠露下、独呈纤丽。剪鲛绡、碎作香英,分彩线、簇成娇蕊。

向晚群花欲悴。放朵朵、似延秋意。待佳人、插向钗头,更袅袅、低临凤髻。

◎"红丝"句:谓沿石阶曲折之处,群花盛开,如一条红色的丝带。

◎掌中无力舞衣轻,剪断鲛绡破春碧。(唐温庭筠《张静婉采莲曲》)

玉堂春

帝城春暖，御柳暗遮空苑。海燕双双，拂飏帘栊。女伴相携、共绕林间路，折得樱桃插髻红。

昨夜临明微雨，新英遍旧丛。宝马香车、欲傍西池看，触处杨花满袖风。

◎春城何处不飞花，寒食东风御柳斜。（唐韩翃《寒食》）

◎昨夜雨霏霏，临明寒一阵。（五代毛文锡《醉花间》）

◎病共乐天相伴住，春随樊子一时归。闲听莺语移时立，思逐杨花触处飞。（唐白居易《春尽日宴罢感事独吟》）

◆词末云："宝马香车，欲傍西池看，触处杨花满袖风。"作者在《渔家傲》（粉面啼红腰束素）词中提到曾在西池结识一女子（当年拾翠曾相遇），又在《相思儿令》（昨日探春消息）词中说："谁教杨柳千丝，就中牵系人情。"三词连看，意元献亦有白傅樊子之思也。（张草纫《二晏词笺注》）

又

后园春早，残雪尚濛烟草。数树寒梅，欲绽香英。小妹无端、折尽钗头朵，满把金尊细细倾。

忆得往年同伴，沉吟无限情。恼乱东风、莫便吹零落，惜取芳菲眼下明。

◎城闲烟草遍，浦迴雪林分。（唐李端《送雍郢州》）

◎青青子衿，悠悠我心。但为君故，沉吟至今。（东汉曹操《短歌行》。沉吟，深深的思念。）

◎别时十七今头白，恼乱君心三十年。（唐白居易《和微之十七与君别及胧月花枝之咏》）

又

斗城池馆，二月风和烟暖。绣户珠帘，日影初长。玉辔金鞍、缭绕沙堤路，几处行人映绿杨。小槛朱阑回倚，千花浓露香。脆管清弦、欲奏新翻曲，依约林间坐夕阳。

◎城南为南斗形，北为北斗形。至今人呼汉京城为斗城。（《三辅黄图·汉长安故城》。后因以斗城借指京城。此处指汴京。）

◆这首词描写汴京春天的情景。据《年谱》，宋仁宗康定元年（1040）九月晏殊五十岁时加检校太尉枢密使（宰相），以此推测，这首词可能作于次年的二月。这时的晏殊，在仕途上达到了顶点，正是春风得意之时。所以同样在园中的夕阳下，在这首词中已没有他惯常的如“夕阳西下几时回”、“小园香径独徘徊”之类的伤感情调。（张草纫

《二晏词笺注》)

临江仙

资善堂中三十载，旧人多是凋零。与君相见最伤情。一尊如旧，聊且话平生。

此别要知须强饮，雪残风细长亭。待君归觐九重城。帝宸思旧，朝夕奉皇明。

◎资善堂:宋代皇太子就学之所。

◎沦谪千年别帝宸，至今犹识蕊珠人。(唐李商隐《赠华阳宋真人兼寄清都刘先生》诗。帝宸，帝王所居之处，借喻帝王。)

◎政化平如水，皇明断若神。(唐杜甫《能画》诗。皇明，对皇帝的谀辞，亦即圣明的皇帝。)

◆这首词的内容是送当年在资善堂一起侍读的友人返京。"三十载"指离开资善堂约有三十年。此时晏殊已罢相知颍州或陈州，所以词中多伤感语。(张草纫《二晏词笺注》)

燕归梁

双燕归飞绕画堂，似留恋虹梁。清风明月好时光，更何况、绮筵张。

云衫侍女，频倾寿酒，加意动笙簧。人人心在玉炉香。庆佳会、祝延长。

◎双燕有雄雌。照日两差池。衔花落北户，逐蝶上南枝。桂栋本曾宿，虹梁早自窥。愿得长如此，无令双燕离。（南朝梁简文帝《双燕离》）

又

金鸭香炉起瑞烟，呈妙舞开筵。《阳春》一曲动朱弦，斟美酒、泛觥船。

中秋五日，风清露爽，犹是早凉天。蟠桃花发一千年。祝长寿、比神仙。

望汉月

千缕万条堪结，占断好风良月。谢娘春晚先多愁，更撩乱、絮飞如雪。

短亭相送处，长忆得、醉中攀折。年年岁岁好时节。怎奈尚、有人离别。

◎御陌青门拂地垂。千条金缕万条丝。如今绾作同心结，将赠行人知不知。（唐刘禹锡《杨柳枝》十二首之七）

◎谢太傅（安）寒雪日内集，与儿女讲论文义。俄而雪骤，公欣然曰："白雪纷纷何所似？"兄子胡儿（谢朗）曰："撒盐空中差可拟。"兄女（谢道韫）曰："未若柳絮因风起。"公大笑乐。（南朝宋刘义庆《世说新语·言语》）

◎灞桥在长安东，跨水作桥。汉人送客至此桥，折柳赠别。（《三辅黄图·桥》）

◎杨柳枝，芳菲节。可恨年年赠离别。（唐柳氏《杨柳枝》）

连理枝

玉宇秋风至，帘幕生凉气。朱槿犹开，红莲尚拆，芙蓉含蕊。送旧巢归燕拂高檐，见梧桐叶坠。

嘉宴凌晨启，金鸭飘香细。凤竹鸾丝，清歌妙舞，尽呈游艺。愿百千遐寿比神仙，有年年岁岁。

◎隋珠与赵璧相鲜，凤竹共鸾丝迭奏。（《文苑英华》卷七一七载刘咏《堂阳亭子诗序》。凤竹鸾丝，指笙箫等管乐器和琴瑟等弦乐器。）

又

绿树莺声老，金井生秋早。不寒不暖，裁衣按曲，天时正好。况兰堂逢着寿筵开，见炉香缥缈。

组绣呈纤巧，歌舞夸妍妙。玉酒频倾，朱弦翠管，移宫易调。献金杯重叠祝长生，永逍遥奉道。

◎金井梧桐秋叶黄，珠帘不卷夜来霜。（唐王昌龄《长信秋词五首》之一）

◎组绣：见《长生乐》（玉露金风月正圆）词注。

破阵子 春景

燕子来时新社，梨花落后清明。池上碧苔三四点，叶底黄鹂一两声。日长飞絮轻。

巧笑东邻女伴，采桑径里逢迎。疑怪昨宵春梦好，元是今朝斗草赢。笑从双脸生。

◎风光新社燕，时节旧春农。（唐薛能《桃花》）

◎千里逢迎，高朋满座。（唐王勃《滕王阁序》）

◎斗草：一种古代游戏。竞采各种花草，以多寡优劣决胜负。亦称斗百草。

◆小倩香奁中笔。（明卓人月《古今词统》）

◆“疑怪昨宵春梦好”三句，如闻香口，如见冶容。（清许昂霄《词综偶评》）

◆古人词……晏元献之“疑怪昨宵春梦好，元是今朝斗草赢。笑从双脸生”……均不失为风流酸楚。（清陈廷焯《白雨斋词话》）

◆风神婉约。（清陈廷焯《词则·闲情集》）

◆此乃纯用旁观者之言，描写春日游女戏乐之情景。因见游女斗草得胜之笑，而代写其心情。言今朝斗草得胜，乃昨宵好梦之验，可谓能深入人物之心者。此种词虽无寄托，而描绘人情物态，极其新鲜生动，使读者如亲见其人其事，而与作者同感其乐。单就艺术性说来，亦有可采之处也。（刘永济《唐五代两宋词简析》）

玉楼春 春恨

绿杨芳草长亭路，年少抛人容易去。楼头残梦五更钟，花底离情三月雨。

无情不似多情苦，一寸还成千万缕。天涯地角有穷时，只有相思无尽处。

◎春心莫共花争发，一寸相思一寸灰。（唐李商隐《无题》）

◎别来半岁音书绝，一寸离肠千万结。（五代韦庄《应天长》）

◆《诗眼》云：晏叔原见蒲传正云：“先公平日小词虽多，未尝作妇人语也。”传正云：“‘绿杨芳草长亭路，年少抛人容易去’，岂非妇人语乎？”晏曰：“公谓年少为何语？”传正曰：“岂不谓所欢乎？”晏曰：“因公之言，遂解得乐天诗两句：‘欲留所欢待富贵，富贵不来所欢去。’”传正笑而悟。余按全篇云云，盖真谓所欢者，与乐天“欲留年少待富贵，富贵不来年少去”之句不同。叔原之言失之。（宋赵与时《宾退录》）

◆爽快决绝，他人含糊不得。（明沈际飞《草堂诗馀正集》）

◆昔人言近旨远，岂好作妇人语。（明沈际飞《草堂诗馀正集》）

◆言近旨远者，善言也。“年少抛人”，凡罗雀之门，枯鱼之泣，皆可作如是观。“楼头”二语，意致凄然，挈起多情苦来。末二句总见多情之苦耳。妙在意思忠厚，无怨怼口角。（清黄苏《蓼园词评》）

◆古人词……晏元献之“楼头残梦五更钟，花底离愁三月雨”……似此则婉转缠绵，情深一往。丽而有则，耐人玩味。（清陈廷焯《白雨斋词话》）

◆凄艳。低回反复，言有尽而意无穷。（清陈廷焯《词则·闲情集》）

诉衷情 寿

幕天席地斗豪奢，歌妓捧红牙。从他醉醒醒醉，斜插满头花。

车载酒，解貂贳。尽繁华。儿孙贤俊，家道荣昌，祝寿无涯。

◎行无辙迹，居无室庐。幕天席地，纵意所如。（晋刘伶《酒德颂》）

◎石崇与王恺争豪，并穷绮丽以饰舆服。武帝，恺之甥也，每助恺。尝以一珊瑚树高二尺许赐恺。枝柯扶疏，世罕其匹。恺以视崇。崇视讫，以铁如意击之，应手而碎。恺既惋惜，又以为疾己之宝，声色甚厉。崇曰：“不足恨，今还卿。”乃命左右悉取珊瑚树。有三尺、四尺，条干绝世，光彩溢目者六、七枚，如恺许比甚众。恺惘然自失。（南朝刘义庆《世说新语·汰奢》）

◎红牙：即红牙拍板，又名檀板。是用于调节乐曲节拍的乐器。

◎迁黄门侍郎、散骑常侍。尝以金貂换酒，复为所司弹劾。帝宥之。（《晋书·阮孚传》）

◎司马相如初与卓文君还成都，居贫愁懑。以所著鹔鹴

裘就市人阳昌贳酒，与文君为欢。(《西京杂记》)

又

喧天丝竹韵融融，歌唱画堂中。玲女世间希有，烛影夜摇红。

一同笑，饮千钟。兴何穷。功成名遂，富足年康，祝寿如松。

◎洛阳陌上人回首，丝竹飘飖入青天。(唐韦应物《金谷园歌》)

◎罢胡琴，掩秦瑟，玲珑再拜歌初毕。(唐白居易《醉歌》)

总 评

吴曾《能改斋漫录》　晁无咎评本朝乐章……晏元献不蹈袭人语，而风调闲雅。如“舞低杨柳楼心月，歌尽桃花扇底风”，知此人不住三家村也。

刘攽《中山诗话》　晏元献尤喜江南冯延巳歌词。其所自作，亦不减延巳。

李之仪《跋吴思道小词》　晏元宪、欧阳文忠、宋景文则以其馀力游戏，而风流闲雅，超出意表，又非其类也。嚼味研究，字字皆有据，而其妙见于卒章。语尽而意不尽，意尽而情不尽，岂平生可得仿佛哉！

李清照《词论》　至晏元献、欧阳永叔、苏子瞻，学际天人，作为小歌词，直如酌蠡水于大海。然皆句读不葺之诗尔，又往往不协音律者。何耶？盖诗文分平侧，而歌词分五音，又分五声，又分六律，又分清浊轻重。

尹觉、赵师侠《坦庵词原序》 词，古诗流也。吟咏情性，莫工于词。临淄、六一，当代文伯。其乐府犹有怜景泥情之偏。岂情之所钟，不能自已于言耶？

王灼《碧鸡漫志》 晏元献公、欧阳文忠公风流蕴藉，一时莫及。而温润秀洁，亦无其比。

王世贞《弇州山人词评》 之诗而词，非词也；之词而诗，非诗也。言其业，李氏、晏氏父子、耆卿、子野、美成、少游、易安至矣，词之正宗也。温、韦艳而促，黄九精而险，长公丽而壮，幼安辩而奇，又其次也，词之变体也。

夏树芳《刻宋名家词序》 元献、文忠、稼轩、泽民诸君子立朝建议，大义炳如。公馀眺赏之暇，讽咏悲歌，时为小令，时作长吟。熟知其所以合，熟知其所以离。固风雅之别流，而词诗坛之逸致也。

严沆《古今词选序》 同叔、永叔、方回、子野咸本《花间》，而渐近流畅。

邹祗谟《远志斋词衷》 余常与文友论词，谓小调不学《花间》，则当学欧、晏、秦、黄。《花间》绮琢处，于诗为靡，而于词则如古锦纹理，自有黯然异色。欧、晏蕴藉，秦、黄生动，一唱三叹，总以不尽为佳。

王士禛《花草蒙拾》 弇州谓苏、黄、稼轩为词之变体，是也。谓温、韦为词之变体，非也。夫温、韦视晏、李、秦、周，譬赋有《高唐》、《神女》，而后有《长门》、《洛神》。诗有古诗录别，而后有建安、黄初、三唐也。谓之正始则可，谓之变体则不可。

《清名家词》汪懋麟《棠村词序》 予尝论宋词有三派。欧、晏正其始。秦、黄、周、柳、姜、史、李清照之徒备其盛。东坡、稼轩放乎其言之矣。其馀子，非无单词只句，可喜可诵。苟求其继，难矣哉。

周济《宋四家词选·目录序论》 晏氏父子仍步温、韦。小晏精力尤胜。

杨希闵《词轨·总论》 温、韦、二晏、秦、贺皆能诗，苏、黄尤卓卓，姜、辛诗亦工。安身立命不在词，故溢为词敻绝也。屯田、清真、梅溪、梦窗、碧山、玉田诸子，藉词藩身，他文翰一无可见。有委无源，故绣绘字句，排比长调以自饰。

蒋敦复《芬陀利室词话》 然石帚、梦窗，尚需加一层渲染；淮海、清真，则更添几层意思。正欲其厚也。若入李氏、晏氏父子手中，则不期厚而自厚。此种当于神味别之。

刘熙载《艺概·词概》 冯延巳词，晏同叔得其俊，欧阳永叔得其深。

谢章铤《赌棋山庄词话》　元祐、庆历，代不乏人。晏元献之辞致婉约，苏长公之风情爽朗，豫章、淮海掉鞅于词坛，子野、美成联镳于艺苑。

又　北宋多工短调，南宋多工长调。北宋多工软语，南宋多工硬语。然二者偏至，终非全才。欧阳、晏、秦，北宋之正宗也。

冯煦《蒿庵词话》　词至南唐，二主作于上，正中和于下，诣微造极，得未曾有。宋初诸家，靡不祖述二主，宪章正中。譬之欧、虞、褚、薛之书，皆出逸少。晏同叔去五代未远，馨烈所扇，得之最先。故左宫右徵，和婉而明丽，为北宋倚声家初祖。刘攽《中山诗话》谓："元献喜冯延巳歌词。其所自作，亦不减延巳。"信然。

又　宋初大臣之为词者，寇莱公、晏元献、宋景文、范蜀公与欧阳文忠，并有声艺林。然数公或一时兴到之作，未为专诣。独文忠与元献学之既至，为之亦勤。翔双鹄于交衢，驭二龙于天路。且文忠家庐陵，而元献家临川，词家遂有江西一派。其词与元献同出南唐，而深致则过之。

陈廷焯《云韶集》　元献词风神婉约，骨格自高。不流俗秽。与延巳相伯仲也。

又　北宋晏、欧、王、范诸家，规模前辈，益以才思。

陈廷焯《白雨斋词话》　北宋词，沿五代之旧。才力较工，古意渐远。晏、欧著名一时，然并无甚强人意处。即以艳体论，亦非高境。

又　晏、欧词雅近正中，然貌合神离，所失甚远。盖正中意馀于词，体用兼备，不当作艳词读。若晏、欧，不过极力为艳词耳，尚安足重。

又　文忠思路甚隽，而元献较婉雅。后人为艳词，好作纤巧语者，是又晏、欧之罪人也。

张德瀛《词徵》　同叔之词温润，东坡之词轩骁，美成之词精邃，少游之词幽艳，无咎之词雄邈。北宋惟五子可称大家。若柳耆卿、张子野，则又当时所翕然叹服者也。

况周颐《蕙风词话》　晏同叔赋性刚峻，而词语特婉丽。

又　《小山词》从《珠玉》出，而成就不同，体貌各异。《珠玉》比花中之牡丹，《小山》其文杏乎？

又　词如唐之《金荃》，宋之《珠玉》，何尝有寄托，何尝不卓绝千古。

夏敬观《小山词跋》　晏氏父子嗣响南唐二主，才力相敌。盖不特辞胜，尤有过人之情。

夏敬观《二晏词评》　（晏殊）赋性刚峻，居处清俭，不类其词之婉丽也。

又　观殊所为词，托于男女情悦思慕之言，实未之废。盖词之始，所以润色里巷之歌谣，被诸弦管，其至者正在得之人情物态。

又　殊父子词，语浅意深，有回肠荡气之妙。幾道殆过其父。

吴梅《词学通论》　论词至赵宋，可云家怀隋珠，人抱和璧，盛极难继者矣。然合两宋计之，其源流递嬗，可得而言焉。大抵开国之初，沿五季之旧，才力所诣，组织未工。晏、欧为一大宗。二主一冯，实资取法。顾未能脱其范围也。

又　宋初如王禹偁、钱惟演辈亦有小词。王之《点绛唇》，钱之《玉楼春》，虽有佳处，实非专家。故宋词应以元献为首。

蔡桢云《柯亭论词》　唐、五代小令，为词之初期。故《花间》、后主、正中之词，均自然多于人工。宋初小令，如欧、秦、二晏之流，所作以精到胜，与唐、五代稍异，盖人工甚于自然矣。

郑骞《成府谈词》　《珠玉词》清刚淡雅，深情内敛，非浅识所能了解。近人遂有讥为"身处富贵，无病呻吟"者。不知同叔一生，亦曾屡遭拂逆，且与物有情，而地位崇高，性格严峻，更易蕴成寂寞心境。故发为词章，充实真挚。安得谓之无病呻吟。文人哀乐，与生俱来，断无作几日宦即变成"心溷溷面团团"之理。为此语讥同叔者，吾知其始终未出三家村也。

又　《珠玉词》缘情体物，细妙入微处，为《六一》所不及。《六一》情调之奔放，气势之沉雄，又为《珠玉》所无。

赵尊岳《填词丛话》　不必言情而自足于情，一字一句，落落大方，能得天籁，斯为词中之圣境，《珠玉》是矣。由珠玉而少加砻治，使智慧偶然流露，以益见生色者，《小山》是矣。《珠玉》如浑金璞玉，《小山》加以潰治而仍不伤于琢，此晏氏父子可贵之处也。

晏幾道词集

临江仙

斗草阶前初见，穿针楼上曾逢。罗裙香露玉钗风。靓妆眉沁绿，羞脸粉生红。

流水便随春远，行云终与谁同。酒醒长恨锦屏空。相寻梦里路，飞雨落花中。

◎穿针楼上闭秋烟，织女佳期又隔年。（唐李群玉《秋登涔阳城二首》之二。穿针，旧时风俗，农历七月七日夜妇女穿七孔针向织女星乞巧。）

◎双鬓隔香红，玉钗头上风。（唐温庭筠《菩萨蛮》）

◎靓妆坐帷里，当户弄清弦。（南朝鲍照《代朗月行》）

◎眉沁绿：指眉发透出乌黑发亮的色彩。

◆这首词中的女子，可能是叔原姐妹的闺友，逢到过节时来叔原家玩耍，叔原偶尔遇见，产生了爱慕之情。后该女出嫁远离，叔原心中犹念念不忘。落花飞雨，梦里相寻，意境甚佳。（张草纫《二晏词笺注》）

又

身外闲愁空满，眼中欢事常稀。明年应赋送君诗。细从今夜数，相会几多时。

浅酒欲邀谁劝，深情惟有君知。东溪春近好同归。柳垂江上影，梅谢雪中枝。

◎昨日欢娱竟何在，一枝梅谢楚江头。（唐温庭筠《西江贻钓叟骞生》）

◆“明年应赋送君诗。细从今夜数，相会几多时。”浅处皆深。（清陈廷焯《白雨斋词话》）

又

淡水三年欢意，危弦几夜离情。晓霜红叶舞归程。客情今古道，秋梦短长亭。

渌酒尊前清泪，《阳关叠》里离声。少陵诗思旧才名。云鸿相约处，烟雾九重城。

◎且君子之交淡若水，小人之交甘若醴。（《庄子·山木》）

◎晓霜枫叶丹，夕曛岚气阴。（南朝谢灵运《晚出西射堂》诗）

◎西陵侠少年，送客短长亭。（唐王昌龄《少年行二首》之一）

◎渭城朝雨浥轻尘，客舍青青柳色新。劝君更尽一杯酒，西出阳关无故人。（唐王维《送元二使安西》诗。后编入乐府，为送别之曲。反复诵唱，谓之《阳关三叠》。）

◎少陵：指唐杜甫，自号少陵野老。此为叔原自喻。

◆“晓霜红叶舞归程。客情今古道，秋梦短长亭。”又“少陵诗思旧才名。云鸿相约处，烟雾九重城。”亦复情词兼胜。（清陈廷焯《白雨斋词话》）

◆这首词作于叔原从颍昌许田镇回汴京时，时间大约在宋神宗元丰八年（1085）秋。起二句谓在许田镇三年，友情甚好（《阮郎归》词“人情似故乡”），有惜别之意。离京前曾与云、鸿相约，三年任满后再见，如今可以回京践约了。（张草纫《二晏词笺注》）

又

浅浅馀寒春半，雪消蕙草初长。烟迷柳岸旧池塘。风吹梅蕊闹，雨细杏花香。

月堕枝头欢意，从前虚梦高唐，觉来何处放思量。如今不是梦，真个到伊行。

◎日照蒲心暖，风吹梅蕊香。（南朝梁简文帝《从顿暂还城》）

◎绿杨烟外晓寒轻，红杏枝头春意闹。（宋宋祁《玉楼

春》)

◎昔者楚襄王与宋玉游于云梦之台，望高唐之观。其上独有云气，崒兮直上，忽兮改容。须臾之间，变化无穷。王问玉："此何气也？"玉对曰："所谓朝云者也。"王曰："何谓朝云？"玉曰："昔者先王尝游高唐，怠而昼寝，梦见一妇人，曰：妾巫山之女也，为高唐之客。闻君游高唐，愿荐枕席。王因幸之。去而辞曰：妾在巫山之阳，高丘之阻。旦为朝云，暮为行雨。朝朝暮暮，阳台之下。"(战国宋玉《高唐赋》)

◆"放"字生而炼熟。(夏敬观批语)

◆此词叙述与一心爱女子交好。可与《鹧鸪天》(彩袖殷勤捧玉钟)词参阅。《鹧鸪天》词云："从别后，忆相逢。几回魂梦与君同。今宵剩把银釭照，犹恐相逢是梦中。"而此词所述，则不仅是相逢，而是高唐之梦已成了事实。(张草纫《二晏词笺注》)

又

长爱碧阑干影，芙蓉秋水开时。脸红凝露学娇啼。霞觞熏冷艳，云髻嫋纤枝。

烟雨依前时候，霜丛如旧芳菲。与谁同醉采香归？去年花下客，今似蝶分飞。

◎清水出芙蓉，天然去雕饰。(唐李白《经乱离后天恩流夜郎忆旧游书怀赠江夏韦太守良宰》)

◎云髻峩峩，修眉连娟。(三国魏曹植《洛神赋》)

◆此词上片用拟人法形容荷花之美，而实际上却是借花喻人，指叔原所爱的曾在南湖一起采莲的歌女。后来该女对叔原的感情逐渐疏远。叔原在《虞美人》（疏梅月下歌《金缕》）词中曾问她“采莲时节定来无”，结果该女爽约不来。景物依旧，而人事已非。以“蝶分飞”喻两人已分手。（张草纫《二晏词笺注》）

又

旖旎仙花解语，轻盈春柳能眠。玉楼深处绮窗前。梦回芳草夜，歌罢落梅天。

沉水浓熏绣被，流霞浅酌金船。绿娇红小正堪怜。莫如云易散，须似月频圆。

◎窃悲夫蕙草之曾敷兮，纷旖旎乎都房。（《楚辞·九辩》）

◎明皇秋八月，太液池有千叶白莲数枝盛开，帝与贵戚宴赏焉。左右皆叹羡久之。帝指贵妃示于左右曰：“争如我解语花？”（五代王仁裕《开元天宝遗事》）

◎汉武帝苑中有柳状如人形，号曰人柳，一日三眠三起。（《三辅旧事》）

◎族兄灵运嘉赏之，云：“每有篇章，对惠连辄得佳语。”尝于永嘉西堂思诗，竟日不就。忽梦见惠连，即得“池塘生春草”，大以为工。（《南史·谢惠连传》）

◎玉节调笙管，金船代酒卮。（北周庾信《北园新斋成应赵王教》）

◎风流云散，一别如雨。（三国魏王粲《赠蔡子笃》）

◆仙花和春柳，指叔原结识的两个歌女，一个名杏，一

个名柳。（张草纫《二晏词笺注》）

又

梦后楼台高锁，酒醒帘幕低垂。去年春恨却来时。落花人独立，微雨燕双飞。

记得小蘋初见，两重心字罗衣。琵琶弦上说相思。当时明月在，曾照彩云归。

◎又是春残也，如何出翠帏？落花人独立，微雨燕双飞。寓目魂将断，经年梦亦非。那堪向愁夕，萧飒暮蝉辉。（五代翁宏《春残》诗）

◎心字罗衣：指衣领屈曲像“心”字。或谓绣有“心”字图案的罗衣。或谓指用心字香熏过的罗衣。

◎只愁歌舞散，化作彩云飞。（唐李白《宫中行乐词八首》之一）

◆近世词人闲情之靡，如伯有所赋，赵武所不得闻者，有过之无不及焉。是得为好色而不淫乎？惟晏叔原云：“落花人独立，微雨燕双飞。”可谓好色而不淫矣。（宋杨万里《诚斋诗话》）

◆晚唐丽句。（明卓人月《古今词统》）

◆（评“落花”二句）名句千古，不能有二。（清谭献《复堂词话》）

◆所谓柔厚在此。（清谭献《复堂词话》）

◆《小山词》如“去年春恨却来时。落花人独立，微雨燕双飞”，又“当时明月在，曾照彩云归”，既闲婉，又沉着，当时更无敌手。（清陈廷焯《白雨斋词话》）

◆“落花”十字，工丽芊绵。结笔依依不尽。（清陈廷焯《词则·云韶集》）

◆“落花”十字，自是天生好言语。回首可怜。（清陈廷焯《词则·大雅集》）

◆康南海谓起二句纯是《华严》境界。（梁启超《饮冰室评词》）

◆吐属华美，脱口而出。（夏敬观批语）

◆此词为思念小蘋而作。“梦后”、“酒醒”互文。“去年春恨”或即指君龙疾废、廉叔下世后小蘋离去之事。近人沈祖棻《宋词赏析》释此词的“归”字曰：“小蘋本是家妓，但不知属陈家还是属沈家。她可能属甲家，而到乙家‘侑酒’，宴毕仍回甲家，这一‘归’字，当作如此解释。这是回想她宴罢踏着月色归去的情景。当时明月，曾经照着她回去，如今明月仍在，而人呢，却已‘流转于人间’，不知所终了。”十分确当。（张草纫《二晏词笺注》）

又

东野亡来无丽句，于君去后少交亲。追思往事好沾巾。白头王建在，犹见咏诗人。

学道深山空自老，留名千载不干身。酒筵歌席莫辞频。争如南陌上，占取一年春。

◎于君去后交游少，东野亡来篋笥贫。赖有白头王建在，眼前犹见咏诗人。（唐张籍《赠王建》诗。东野，唐诗人孟郊，字东野。于君，指唐诗人于鹄。此处叔原以孟郊、于鹄喻友人沈廉叔、陈君龙。王建，唐诗人。他常用“白头”二字形容自己。此处叔原以王建自喻。)

◎学道深山许老人,留名万代不关身。劝君多买长安酒,南陌东城占取春。(唐刘禹锡《戏赠崔千牛》)

◎“酒筵”句:引用晏殊《浣溪沙》(一向年光有限身)词成句。

◆此词作于叔原二位友人沈廉叔、陈君龙去世以后。(张草纫《二晏词笺注》)

蝶恋花

卷絮风头寒欲尽。坠粉飘红,日日香成阵。新酒又添残酒困,今春不减前春恨。

蝶去莺飞无处问。隔水高楼,望断双鱼信。恼乱层波横一寸,斜阳只与黄昏近。

◎飘红堕白堪惆怅,少别秾华又隔年。(唐韦庄《叹落花》诗)

◎蝶去莺飞:喻昔时认识的歌姬已经流散,即《小山词原序》所言:“昔之狂篇醉句,遂与两家歌儿酒使俱流转于人间。”

◎娭光眇视,目层波些。(《楚辞·招魂》。层波,喻眼波。)

◎夕阳无限好,只是近黄昏。(唐李商隐《登乐游原》诗)

◆“一寸”句似宋丰之“眼波流不断,满眶秋。”(明卓人月《古今词统》)

◆宛转幽怨。(清陈廷焯《词则·闲情集》)

◆“今春不减前春恨”，亦犹《临江仙》词“去年春恨却来时”也。“蝶去莺飞无处问”，喻沈、陈两家流散的侍儿，盼望她们能写信给他，以慰思念之情。（张草纫《二晏词笺注》）

又

初捻霜纨生怅望。隔叶莺声，似学秦娥唱。午睡醒来慵一饷。双纹翠簟铺寒浪。

雨罢蘋风吹碧涨。脉脉荷花，泪脸红相向。斜贴绿云新月上，弯环正是愁眉样。

◎霜纨雪委，雾縠冰鲜。（南朝梁沈约《谢赐轸调绢等启》。霜纨，洁白精致的细绢。此处指纨扇。）

◎映阶碧草自春色，隔叶黄鹂空好音。（唐杜甫《蜀相》诗）

◎齐僮梁甫吟，秦娥张女弹。（《文选》陆机《拟今日良宴会诗》。李周翰注：“齐僮、秦娥，皆古善歌者。”）

◎金风刺衣着体寒，长眉对月斗弯环。（唐李贺《河南府试十二月乐词·十月》）

又

庭院碧苔红叶遍。金菊开时，已近重阳宴。日日露荷凋绿扇。粉塘烟水澄如练。

试倚凉风醒酒面。雁字来时，恰向层楼见。几点护霜云影转，谁家芦管吹秋怨？

◎馀霞散成绮，澄江静如练。（南朝谢朓《晚登三山还望京邑》）

◎莲芰香清，水面风来酒面醒。（宋欧阳修《采桑子》）

◎吴中以八月露下而雨谓之淋露，九月霜降而云谓之护霜。（宋费衮《梁溪漫志》）

◎不知何处吹芦管，一夜征人尽望乡。（唐李益《夜上受降城闻笛》）

◆七句深至，末说到秋怨。（明沈际飞《草堂诗馀正集》）

◆出语必雅。北宋艳词，自以小山为冠，耆卿、少游皆不及也。（清陈廷焯《词则·闲情集》）

◆按前面平平叙来，至末二句引入深处，几有“北风其凉”之思矣。云而曰护霜，写得凛栗，此芦管之所以愁怨也。（清黄苏《蓼园词评》）

又

喜鹊桥成催凤驾。天为欢迟，乞与初凉夜。乞巧双蛾加意画，玉钩斜傍西南挂。

分钿擘钗凉叶下。香袖凭肩，谁记当时话。路隔银河犹可借，世间离恨何年罢。

◎七月七日为牵牛织女聚会之夜。（梁宗懔《荆楚岁时记》。旧时风俗，农历七月七日夜，妇女在庭院向织女星乞求智巧。）

◎倏忽城西廓，青天悬玉钩。（唐李白《挂席江上待月

有怀》）

◆思深意苦。（清陈廷焯《词则·闲情集》）

◆“借”字生而炼熟。（夏敬观批语）

又

碧草池塘春又晚。小叶风娇，尚学娥妆浅。双燕来时还念远，珠帘绣户杨花满。

绿柱频移弦易断。细看秦筝，正似人情短。一曲啼乌心绪乱，红颜暗与流年换。

◎渠水红繁拥御墙，风娇小叶学娥妆。（唐李贺《三月过行宫》）

◎绿柱：指筝柱。移动筝柱可以调节音调。

◎一曲啼乌：唐教坊曲名有《乌夜啼》。后世所见《乌夜啼》，内容多为男女恋情。、

又

碾玉钗头双凤小。倒晕工夫，画得宫眉巧。嫩麴罗裙胜碧草，鸳鸯绣字春衫好。

三月露桃芳意早。细看花枝，人面争多少。《水调》声长歌未了，掌中杯尽东池晓。

◎倒晕：唐宋妇女的一种眉妆式样。

◎君王不可见，芳草旧宫春。犹带罗裙色，青青向楚

人。（唐刘长卿《春草宫怀古》）

◎细腰宫里露桃新，脉脉无言几度春。（唐杜牧《题桃花夫人庙》。古乐府歌辞《鸡鸣》有“桃生露井上”之句，后遂以“露桃”称桃树或桃花。）

◎谁家唱《水调》，明月满扬州。（唐杜牧《扬州诗》之一）

◎云物不殊乡国异，教儿且覆掌中杯。（唐杜甫《小至》）

又

醉别西楼醒不记。春梦秋云，聚散真容易。斜月半窗还少睡，画屏闲展吴山翠。

衣上酒痕诗里字。点点行行，总是凄凉意。红烛自怜无好计，夜寒空替人垂泪。

◎长于春梦几多时，散似秋云无觅处。（宋晏殊《木兰花》）

◎人生聚散如弦管，老去风情尤惜别。（宋欧阳修《玉楼春》）

◎袖中吴郡新诗本，襟上杭州旧酒痕。（唐白居易《故衫》）

◎蜡烛有心还惜别，替人垂泪到天明。（唐杜牧《赠别二首》之二）

◆如小山父子及德麟辈，用笔亦未尝不轻，但有厚薄浓淡之分。后人一再过，不复留馀味。而古人隽永不已。（清先著、程洪《词洁》）

◆一字一泪，一字一珠。（清陈廷焯《词则·大雅集》）

◆熟意炼生。（夏敬观批语）

◆此词为别后思念西楼歌女而作。（张草纫《二晏词笺注》）

又

欲减罗衣寒未去。不卷珠帘，人在深深处。残杏枝头花几许，啼红正恨清明雨。

尽日沉香烟一缕。宿酒醒迟，恼破春情绪。远信还因归燕误，小屏风上西江路。

◎啼红：指沾雨的花片。

◎红杏开时，一霎清明雨。（宋晏殊《蝶恋花》词）

◎“远信”二句：谓闺中人尚未收到夫君之音信，因而面对屏风上所绘西江道路而思绪万千。五代后周王仁裕《开元天宝遗事·传书燕》载：唐任宗妻郭绍兰，因宗经商湘中，久不归，见堂上双燕翻飞，曰：“尔海东来，必经湘中……欲凭尔附书，投于我婿。”因以所吟诗系于燕足。燕飞至荆州任宗处。宗得妻所吟诗，感而泣下，次年归。

◎忽逢江上春归燕，衔得云中尺素书。（唐李白《捣衣篇》）

◆“小屏”句殆欲走入杨国忠家屏上。（明卓人月《古今词统》）

◆“恨”字、“迟”字妙极。熟字炼之使生，尤不易。（夏敬观批语）

又

千叶早梅夸百媚。笑面凌寒，内样妆先试。月脸冰肌香细腻，风流新称东君意。

一捻年光春有味。江北江南，更有谁相比。横玉声中吹满地，好枝长恨无人寄。

◎爱君双柽一树奇，千叶齐生万叶垂。（唐李颀《魏仓曹东堂柽树》）

◎回眸一笑百媚生，六宫粉黛无颜色。（唐白居易《长恨歌》）

◎内样妆：指宫中流行的妆饰。暗指梅花妆。

◎东君：司春之神。

◎黄鹤楼中吹玉笛，江城五月《落梅花》。（唐李白《与史郎中钦听黄鹤楼上吹笛》。横玉，指玉笛。笛曲有《梅花落》。）

◆"笑面凌寒"，意生。"内样"，字生。不觉碍眼者，炼熟之功也。（夏敬观批语）

◆这是一首咏物词，咏的是早梅，故词中除了使用一般梅花的典故外，还凸出一个"早"字，如"凌寒"、"先试"、"新称"、"谁相比"。或亦与疏梅有关，参阅《洞仙歌》（春残雨过）词、《菩萨蛮》（江南未雪梅花白）词。"江北江南"说明叔原此时已由汴京往江南依靠其兄。此词当作于元丰元年（1078）、二年（1079）在江南依附其五兄知止时。（张草纫《二晏词笺注》）

又

金剪刀头芳意动。彩蕊开时，不怕朝寒重。晴雪半消花鬖髿，晓妆呵尽香酥冻。

十二楼中双翠凤。缥缈歌声，记得《江南弄》。醉舞春风谁可共，秦云已有鸳屏梦。

◎不知细叶谁裁出，二月春风似剪刀。（唐贺知章《咏柳》诗。金剪刀，借喻春风。）

◎鬖髿：犹朦胧，模糊不清。

◎金鞍玉勒锦连干，骑入桃花杨柳烟。十二楼中奏管弦，楼中美人夺神仙。（唐顾况《露青竹鞭歌》。十二楼，神仙所居。泛指高层楼阁。）

◎孤高堪弄桓伊笛，缥缈宜闻子晋笙。（唐杜牧《寄题甘露寺北轩》）

◆“金剪刀头”用“二月春风似剪刀”，接以“芳意动”，意新。（夏敬观批语）

◆从词中的“双翠凤”，“歌声”，“醉舞”，“秦云”看，所指的是长安的两个歌舞女子。叔原在长安结识了这两个女子，离开后写了这首怀念她们的词。（张草纫《二晏词笺注》）

又

笑艳秋莲生绿浦。红脸青腰，旧识凌波女。照影弄妆娇欲语，西风岂是繁华主。

可恨良辰天不与。才过斜阳，又是黄昏

雨。朝落暮开空自许，竟无人解知心苦。

◎凌波微步，罗袜生尘。（三国魏曹植《洛神赋》。凌波女，以洛神借指莲花。）

◎荷花娇欲语，愁杀荡舟人。（唐李白《渌水曲》）

又

碧落秋风吹玉树。翠节红旌，晚过银河路。休笑星机停弄杼，凤帏已在云深处。

楼上金针穿绣缕。谁管天边，隔岁分飞苦。试等夜阑寻别绪，泪痕千点罗衣露。

◎上穷碧落下黄泉，两处茫茫皆不见。（唐白居易《长恨歌》）

◎翠节红旌：形容仪仗之华丽。

◎星机抛密绪，月杵散灵氛。（唐李商隐《寓怀》。星机，指织女的织机。）

◆七夕词意新语新。（夏敬观批语）

又

碧玉高楼临水住。红杏开时，花底曾相遇。一曲《阳春》春已暮，晓莺声断朝云去。

远水来从楼下路。过尽流波，未得鱼中

素。月细风尖垂柳渡，梦魂长在分襟处。

◎定知刘碧玉，偷嫁汝南王。（北周庾信《结客少年场行》。碧玉，南朝宋汝南王妾。）

◎朝云：巫山神女名。

◎鱼中素：指书信。

◎他乡握手，自伤关塞之春；异县分襟，竟切凄怆之路。（唐王勃《春夜桑泉别王少府序》）

◆鬼语分明爱赏多，小山小令擅清歌。世间不少分襟处，月细风尖唤奈何。（清厉鹗《论词绝句》）

◆凄婉欲绝，仙耶？鬼耶？（清陈廷焯《词则·闲情集》）

◆此词写与一歌女的恋情，但为时甚短。仲春红杏开时相遇，到暮春时该女就离去。去后从不来信，叔原对她思念不已。（张草纫《二晏词笺注》）

又

梦入江南烟水路。行尽江南，不与离人遇。睡里消魂无说处，觉来惆怅消魂误。

欲尽此情书尺素。浮雁沉鱼，终了无凭据。却倚缓弦歌别绪，断肠移破秦筝柱。

◎鱼沉雁杳天涯路，始信人间别离苦。（唐戴叔伦《相思曲》）

◎兴长不忍回孤棹，歌懒才能逐缓弦。（宋韩维《和谢主簿游西湖》诗。缓弦：宽松的弦。弦松则声音低沉。）

◆末句滋味。（明沈际飞《草堂诗馀续集》）

◆人必说梦中相会，何等陈腐。（明卓人月《古今词统》）

◆宋神宗元丰元年（1078），叔原五兄知止为吴郡太守。叔原曾往江南依随其兄，当时或亦有听歌之娱（《玉楼春》词“吴姬十五语如弦，能唱当时楼下水”）。此词写回京后思念当年江南的歌女，欲通书信问候却杳无音讯，因此只能凭借秦筝来倾诉痛苦的离情。（张草纫《二晏词笺注》）

又

黄菊开时伤聚散。曾记花前，共说深深愿。重见金英人未见，相思一夜天涯远。

罗带同心闲结遍。带易成双，人恨成双晚。欲写彩笺书别怨，泪痕早已先书满。

◎未到重阳归阙去，金英寂寞为谁开。（宋王禹偁《池边菊》）

◎罗带同心结未成，江头潮已平。（宋林逋《长相思》。同心，指同心结，用锦带编成的连环回文样式的结子，象征坚贞的爱情。）

◆熟意炼新。（夏敬观批语）

◆叔原小令最工，直逼《花间》。集中《蝶恋花》词凡十五首，此三首（“醉别西楼醒不记”、“欲减罗衣寒未去”、“黄菊开时伤聚散”）尤胜。叔原喜沉浮酒中，与客酣饮，每得一解，即以草授歌姬莲、鸿、蘋、云，品清讴娱客，持杯听之，以为笑乐。歌阑人散，辄惆怅成吟。词中所云“衣

上酒痕”、“宿酒醒迟”等句，皆纪实也。（俞陛云《唐五代两宋词选释》）

鹧鸪天

彩袖殷勤捧玉钟，当年拚却醉颜红。舞低杨柳楼心月，歌尽桃花扇影风。

从别后，忆相逢，几回魂梦与君同。今宵剩把银釭照，犹恐相逢是梦中。

◎“舞低”二句：楼头之月已西沉，歌扇之风亦将尽，表示歌舞时间之久。

◎夜阑更秉烛，相对如梦寐。（唐杜甫《羌村三首》之一）

◆晁无咎言：晏叔原不蹈袭人语，而风调闲雅，自是一家。如“舞低杨柳楼心月，歌尽桃花扇底风”，自可知此人不生在三家村中也。（宋赵令畤《侯鲭录》）

◆《雪浪斋日记》谓晏叔原工于小词，“舞低杨柳楼心月，歌尽桃花扇影风”，不愧六朝宫掖体。（宋胡仔《苕溪渔隐丛话》后集）

◆词情婉丽。（宋胡仔《苕溪渔隐丛话》后集）

◆晏元献（按应作晏幾道）如“舞低杨柳楼心月，歌尽桃花扇底风”，知此人不住三家村也。（宋魏庆之《诗人玉屑》卷二十引晁无咎评）

◆晏叔原“今宵剩把银釭照，犹恐相逢是梦中”，盖出于老杜“夜阑更秉烛，相对如梦寐”、戴叔伦“还作江南梦，翻疑梦里逢”、司空曙“乍见翻疑梦，相悲各问年”之

意。（宋王楙《野客丛书》）

◆美秀，不愧六朝宫掖体。（明沈际飞《草堂诗馀正集》）

◆惊喜俨然。（明沈际飞《草堂诗馀正集》）

◆"夜阑更秉烛，相对如梦寐"，叔原则云"今宵剩把银釭照，犹恐相逢是梦中"，此诗与词之分疆也。（清刘体仁《七颂堂词绎》）

◆"从别后，忆相逢。几回魂梦与君同。今宵剩把银釭照，犹恐相逢是梦中"，曲折深婉。自有艳词，更不得不让伊独步。视永叔之"笑问双鸳鸯字怎生书"、"倚阑无绪更兜鞵"等句，雅俗判然矣。（清陈廷焯《白雨斋词话》）

◆仙乎丽矣。后半阕一片深情，低回往复，真不厌百回读也。言情之作，至斯已极。（清陈廷焯《词则·闲情集》）

◆《雪浪斋日记》云：晏叔原此词云："舞低杨柳楼心月，歌尽桃花扇底风。"此等语不愧六朝宫掖体。……"舞低"二句，比白香山"笙歌归院落，灯火下楼台"更觉浓至。惟愈浓情愈深。今昔之感，更觉凄然。（清黄苏《蓼园词评》）

◆上片叙述当年聚会时的欢乐，下片写别后的思念及今日重逢的惊喜。如果把此词理解为以女子的口吻诉说，似更妥帖。因为"拚却"这个词的力量很重，意谓"豁出去"，"不顾一切地去做某件事"，叔原经常饮酒听歌，醉倒亦是常事，区区"醉颜红"何用"拚却"。故应理解为歌女因叔原赏识她的才艺，心中感激，因此不仅捧杯殷勤劝饮，自己也陪着喝，顾不得多喝后会脸红失态。而且"舞低"、"歌尽"亦有"拚却"之意。语气比较连贯。另外，下片的"君"字，虽男女都可以称君，在此处歌女称叔原较恰当。

叔原称歌女为君，较勉强。在《小山词》中，对歌女一般都是直呼其名的。（张草纫《二晏词笺注》）

又

一醉醒来春又残，野棠梨雨泪阑干。玉笙声里鸾空怨，罗幕香中燕未还。

终易散，且长闲，莫教离恨损朱颜。谁堪共展鸳鸯锦，同过西楼此夜寒。

◎人远泪阑干，燕飞春又残。（唐温庭筠《菩萨蛮》。阑干，纵横散乱貌。）

◎水精帘里颇黎枕，暖香惹梦鸳鸯锦。（唐温庭筠《菩萨蛮》）

◆此词为思念西楼歌女而作，可能作于“西楼别后”到长安的第二年春天。（张草纫《二晏词笺注》）

又

梅蕊新妆桂叶眉，小莲风韵出瑶池。云随《绿水》歌声转，雪绕红绡舞袖垂。

伤别易，恨欢迟，惜无红锦为裁诗。行人莫便消魂去，汉渚星桥尚有期。

◎武帝女寿阳公主人日卧于含章檐下，梅花落公主额上，成五出之华。拂之不去。皇后留之。自后有梅花妆，后人多效之。（《太平御览》卷九七〇引《宋书》）

◎桂叶双眉久不描，残妆和泪污红绡。（唐江采蘋《谢赐珍珠》诗）

◎瑶池：古代传说昆仑山上的仙池，为西王母所居之处。西王母有侍女许飞琼、董双成，俱以美丽著称。

◎菱角执笙簧，谷儿抹琵琶，红绡信手舞，紫绡随意歌。（唐白居易《小庭亦有月》）

◎鸾扇斜分凤幄开，星桥横过鹊飞回。争将世上无期别，换得年年一度来。（唐李商隐《七夕》。汉渚，银汉（银河）之滨。星桥，指神话中的鹊桥。）

◆此词大约作于宋神宗元丰五年（1082）叔原将赴颍昌许田镇之时，小莲在筵席上唱歌送别，叔原为作此词。此时叔原已十分贫困，故曰“惜无红锦为裁诗”，以作缠头之酬也。（张草纫《二晏词笺注》）

又

守得莲开结伴游，约开萍叶上兰舟。来时浦口云随棹，采罢江边月满楼。

花不语，水空流，年年拚得为花愁。明朝万一西风动，争向朱颜不耐秋。

◎来时浦口花迎入，采罢江头月送归。（唐王昌龄《采莲曲》）

又

斗鸭池南夜不归，酒阑纨扇有新诗。云随碧玉歌声转，雪绕红琼舞袖回。

今感旧，欲沾衣，可怜人似水东西。回头满眼凄凉事，秋月春风岂得知。

◎池畔花深斗鸭栏，桥边雨洗藏鸦柳。（唐韩翃《送客还江东》诗。斗鸭，使鸭子相斗的博戏。）

◎筵上佳人牵翠袂。纤纤玉手挼新蕊。美酒一杯花影腻。邀客醉。红琼共作熏熏媚。（宋欧阳修《渔家傲》词）

◆此首为怀旧之词，上片写当年饮酒听歌之乐，下片写别后的思念。词句和词意与前一首同调词（梅蕊新妆桂叶眉）有很多相同，可能前一首是原作，此首是后来改作。（张草纫《二晏词笺注》）

又

当日佳期鹊误传，至今犹作断肠仙。桥成汉渚星波外，人在鸾歌凤舞前。

欢尽夜，别经年，别多欢少奈何天。情知此会无长计，咫尺凉蟾亦未圆。

◎从军人更远，报喜鹊空传。（唐赵嘏《恒敛千金笑》诗）

◎断肠仙：指牛郎、织女。因银河之隔，不能时时相见。此以自指。

◎爰有歌舞之鸟，鸾鸟自歌，凤鸟自舞。（《山海经·大荒南经》。后以喻歌舞之妙。）

◎紫房彩女弄明珰，鸾歌凤舞断君肠。（南朝宋鲍照

《代淮南王》）

◎月浪冲天天宇湿，凉蟾落尽疏星入。（李商隐《燕台·秋》。凉蟾，指秋月。）

又

题破香笺小研红，诗篇多寄旧相逢。西楼酒面垂垂雪，南苑春衫细细风。

花不尽，柳无穷，别来欢事少人同。凭谁问取归云信，今在巫山第几峰。

◆唐张子容作《巫山》诗云："巫岭岧峣天际重，佳期夙昔愿相从。朝云暮雨连天暗，神女知来第几峰。"近时晏叔原作乐府云："凭君问取归云信，今在巫山第几峰。"最为人所称，恐出于子容。（《诗话总龟》前集引《王直芳诗话》）

◆此词为叔原在长安思念西楼歌女（即词中"旧相逢"）而作。"西楼"二句回忆旧日欢情，犹"南苑吹花，西楼题叶"。（张草纫《二晏词笺注》）

又

清颍尊前酒满衣，十年风月旧相知。凭谁细话当时事，肠断山长水远诗。

金凤阙，玉龙墀，看君来换锦袍时。姮娥已有殷勤约，留着蟾宫第一枝。

◎风月：指吟风弄月的文人雅事。亦可指涉足歌台舞榭等风月场所。

◎金凤阙、玉龙墀：指帝京的宫殿。

◎旧时以“蟾宫折桂”表示科举应试及第。“蟾宫第一枝”，指状元。

◆叔原在元丰五年至八年（1082—1085）监颍昌许田镇期间结识了一位朋友。多年以后，叔原得知这位朋友要到汴京来参加会试，就写了这首词寄给朋友。据词中“十年风月旧相知”推测，此词约作于元祐六年（1091）前后。（张草纫《二晏词笺注》）

又

醉拍春衫惜旧香，天将离恨恼疏狂。年年陌上生秋草，日日楼中到夕阳。

云渺渺，水茫茫，征人归路许多长。相思本是无凭语，莫向花笺费泪行。

◎疏狂属年少，闲散为官卑。（唐白居易《代书诗寄微之》）

◆“费”字本于学书纸费，学医人费。（明卓人月《古今词统》）

◆“拍”字生而熟炼；“恼”字新。（夏敬观批语）

又

小令尊前见玉箫，银灯一曲太妖娆。歌

中醉倒谁能恨，唱罢归来酒未消。

春悄悄，夜迢迢，碧云天共楚宫遥。梦魂惯得无拘检，又踏杨花过谢桥。

◎谢桥：唐宰相李德裕侍妾谢秋娘为名歌妓，后因以"谢娘"泛指歌妓。谢桥谓谢娘家近处之桥。

◆程叔微云：伊川闻诵晏叔原"梦魂惯得无拘检，又踏杨花遇谢桥"长短句，笑曰："鬼语也。"意亦赏之。（宋邵博《闻见后录》）

◆鬼语分明爱赏多，小山小令擅清歌。世间不少分襟处，月细风尖唤奈何。（清厉鹗《论词绝句》）

◆"又踏杨花过谢桥"，即伊川亦为叹赏。近于我见犹怜矣。（清沈谦《填词杂说》）

◆小晏神仙中人，重以父名之贻，贤师友相与沆瀣，其独造处岂凡夫肉眼所能见及。"梦魂惯得无拘检，又逐杨花过谢桥。"以是为至，乌足与论《小山词》耶？（清况周颐《蕙风词话》）

◆伤心梦呓，昔人以为鬼语，余不谓然。（夏敬观批语）

◆此二首（"醉拍春衫惜旧香"、"小令尊前见玉箫"）之结句，情韵均胜。次首"谢桥"二句尤见新颖。（俞陛云《唐五代两宋词选释》）

◆叔原在友人家中听一歌姬唱歌，一见倾心，却难以相接。长夜迢迢，因思念而不能入寐。惟有梦魂不受约束，一次次飞到她的身边。末二句从唐张泌《寄人》诗"别梦依依到谢家"得，而更摇曳生姿。（张草纫《二晏词笺注》）

又

楚女腰肢越女腮，粉圆双蕊髻中开。朱弦曲怨愁春尽，渌酒杯寒记夜来。

新掷果，旧分钗，冶游音信隔章台。花间锦字空频寄，月底金鞍竟未回。

◎岳美姿仪。……少时常挟弹出洛阳道，妇人遇之者皆连手萦绕，投之以果。遂满车而归。（《晋书·潘岳传》）

◎夏侯氏父母曰："妇人见去，当分钗断带。"（晋袁宏《后汉记·灵帝纪》上。分钗，喻夫妻或情人离异。）

◎玉勒雕鞍游冶处。楼高不见章台路。（宋欧阳修《蝶恋花》词。冶游，指涉足声色场所。章台，汉长安街名，街上多妓院。泛指歌台舞榭。）

◆"朱弦"、"渌酒"说明她歌妓的身份。过片谓冶游之人不断更换，来了又去，一去不来。揭示了妓女生涯的悲苦，但写得比较隐晦和委曲，不像《敦煌词·望江南》"我是曲江临池柳，这人折了那人攀。恩爱一时间"那样直截了当。这也表明了文人词与民间词的差异。（张草纫《二晏词笺注》）

又

十里楼台倚翠微，百花深处杜鹃啼。殷勤自与行人语，不似流莺取次飞。

惊梦觉，弄晴时，声声只道不如归。天

涯岂是无归意，争奈归期未可期。

◎千家山郭静朝晖，日日江楼坐翠微。（唐杜甫《秋兴八首》之三。翠微，指青翠掩映的山腰幽深处。）

◎香球趁拍回环匼，花盏抛巡取次飞。（唐白居易《醉后赠人》。取次，随便，任意。）

◎柳外飞来双羽玉，弄晴相对浴。（五代韦庄《谒金门》）

◎蜀望帝淫其臣鳖灵之妻，乃禅位而逃。时此鸟适鸣，故蜀人以杜鹃鸣为悲望帝，其鸣为“不如归去”云。（《蜀王本纪》）

◎春山无限好，犹道不如归。（宋范仲淹《越上闻子规》）

◎君问归期未有期，巴山夜雨涨秋池。（唐李商隐《夜雨寄北》）

◆此词写因听到杜鹃的鸣声而引起思归之念。可能作于元丰八年（1085）春叔原监颍昌许田镇时。（张草纫《二晏词笺注》）

又

陌上濛濛残絮飞，杜鹃花里杜鹃啼。年年底事不归去，怨月愁烟长为谁。

梅雨细，晓风微，倚楼人听欲沾衣。故园三度群花谢，曼倩天涯犹未归。

◎（东方朔）时坐席中，酒酣，据地歌曰：“陆沉于俗，避世金马门。宫殿中可以避世全身，何必深山之中，蒿庐之下！”（《史记·滑稽列传》。曼倩，汉东方朔，字曼倩。叔原以曼倩自喻。）

◎曼倩不归花落尽，满丛烟露月当楼。（唐温庭筠《题河中紫极宫》）

◆笔意亦俊爽，亦婉约。（清陈廷焯《词则·闲情集》）

◆这首词与上一首《鹧鸪天》（十里楼台倚翠微）词意思相同，当作于同一时期，也可能一首先写，另一首是改定本。（张草纫《二晏词笺注》）

又

晓日迎长岁岁同，太平箫鼓间歌钟。云高未有前村雪，梅小初开昨夜风。

罗幕翠，锦筵红，钗头罗胜写宜冬。从今屈指春期近，莫使金尊对月空。

◎前村深雪里，昨夜一枝开。（唐齐己《早梅》）

◎锦筵红，罗幕翠，侍燕美人姝丽。（宋张先《更漏子》）

◎罗胜：胜，古代妇女节日的一种饰物，用罗绢做的叫罗胜。旧时立春日在上面写“宜春”二字，戴在头上。此词描写冬至情景，所以罗胜上写“宜冬”二字。

◎人生得意须尽欢，莫使金尊空对月。（唐李白《将进酒》）

又

小玉楼中月上时，夜来惟许月华知。重帘有意藏私语，双烛无端恼暗期。

伤别易，恨欢迟，归来何处验相思。沈郎春雪愁消臂，谢女香膏懒画眉。

◎金阙西厢叩玉扃，转教小玉报双成。（唐白居易《长恨歌》。小玉，古诗词中常用作仙女或侍女的名字。）

◎沈郎：沈约，南朝梁诗人。

◎常恐胸前春雪释，惟愁座上庆云生。（唐方干《赠美人四首》之三。春雪，喻洁白的肌肤。）

◎窗间谢女青娥敛，门外萧郎白马嘶。（唐温庭筠《赠知音》诗。谢女，晋谢安侄女谢道蕴富有才情。亦以泛指女子或才女。

◆“验”字新。（夏敬观批语）

又

手捻香笺忆小莲，欲将遗恨倩谁传。归来独卧逍遥夜，梦里相逢酩酊天。

花易落，月难圆，只应花月似欢缘。秦筝算有心情在，试写离声入旧弦。

◆此词写对小莲的思念。归来，指从沈宅或陈宅听歌后回到自己家中。独卧无聊，情思弥切，惟有靠酩酊大醉，能与小莲在梦里相逢。然而欢缘似花月之易落难圆。此时可能已有监许田镇之任命，故曰秦筝亦发出离别之声。（张草纫《二晏词笺注》）

又

九日悲秋不到心，凤城歌管有新音。风凋碧柳愁眉淡，露染黄花笑靥深。

初见雁，已闻砧，绮罗丛里胜登临。须教月户纤纤玉，细捧霞觞滟滟金。

◎砧：捣衣石。秋天缝制棉衣时，捣衣者尤多，故常以砧声表示已到秋天。

◎长安一片月，万户捣衣声。秋风吹不尽，总是玉关情。（唐李白《子夜吴歌》之三）

◎登临：登山临水。此处指重九登高。

◎最宜轻动纤纤玉，醉送当观滟滟金。（唐罗邺《题笙》诗。月户，指华丽的楼台，如云窗月户。纤纤玉，指女子柔细的手。滟滟金，形容美酒的色泽。）

◆重九词新意。（夏敬观批语）

◆此词亦为应蔡京而作。参阅《鹧鸪天》（晓日迎长岁岁同）词。意谓重阳日与其登高，还不如在家里饮酒听歌。泛泛而谈，对蔡京无阿谀奉承之语。（张草纫《二晏词笺注》）

又

碧藕花开水殿凉，万年枝外转红阳。升平歌管随天仗，祥瑞封章满御床。

金掌露，玉炉香，岁华方共圣恩长。皇州又奏圜扉静，十样宫眉捧寿觞。

◎风动荷花水殿香，姑苏台上宴吴王。（唐李白《口号吴王美人半醉》）

◎风动万年枝，日华承露掌。（南朝齐谢朓《直中书省》。万年枝，即冬青树。）

◎上（汉武帝）于未央宫以铜作承露盘，仙人掌擎玉杯，以取云表之露，拟和玉屑，服以求仙。（《汉武故事》）

◎玉炉香，红蜡泪。偏照画堂秋思。（唐温庭筠《更漏子》词）

◎圜扉静：指狱中无犯人，意谓国内太平安定。

◆《唐宋诸贤绝妙词选》于此词调下注云："庆历中，开封府与棘寺同日奏狱空。仁宗于宫中宴集，宣叔原作此，大称上意。"此词内容，只是歌颂升平，并无深意。（张草纫《二晏词笺注》）

又

绿橘梢头几点春，似留香蕊送行人。明朝紫凤朝天路，十二重城五碧云。

歌渐咽，酒初醺，尽将红泪湿湘裙。赣江西畔从今日，明月清风忆使君。

◎北倚苍龙阙，西临紫凤垣。（唐阎朝隐《早朝》。紫凤，紫凤垣，泛指宫墙。）

◎十二重城：古分天下为九州，虞舜时扩分为十二州。指十二州之城。

◎五碧云：喻帝京。

◎刘尹（刘惔）曰："清风朗月，辄思玄度（许洵）。"（《世说新语·言语》）

◆从词意看，此词是叔原在离筵席上所作，令营妓歌以送赣州太守任满回京。以绿橘开花表明时间是在春末夏初，行人即后文的"使君"。（张草纫《二晏词笺注》）

生查子

金鞭美少年，去跃青骢马。牵系玉楼人，绣被春寒夜。

消息未归来，寒食梨花谢。无处说相思，背面秋千下。

◎踯躅青骢马，流苏金缕鞍。（《古诗为焦仲卿妻作》）

◎寒食：节气名，在清明前一日或二日。

◎十五泣春风，背面秋千下。（唐李商隐《无题》）

◆晏叔原小词"无处说相思，背面秋千下"，吕东莱极喜诵此词，以为有思致。然此语本李义山诗云："十五泣春风，背面秋千下。"（宋曾季《狸艇斋诗话》）

◆味在言外。（明沈际飞《草堂诗馀正集》）

◆律诗如"春城月出人皆醉"及"罗绮晴娇绿水洲"之

句，诗馀如“无处说相思，背面秋千下”一词，生平竭力摹拟，竟不能到。（明宋征璧《抱真堂诗话》引陈子龙曰）

◆“去跃”二字从妇人目中看出，深情挚语。末联“无处”二字，意致凄然，妙在含蓄。（清黄苏《蓼园词评》）

◆俊爽已极。（夏敬观批语）

又

轻匀两脸花，淡扫双眉柳。会写锦笺时，学弄朱弦后。

今春玉钏宽，昨夜罗裙皱。无计奈情何，且醉金杯酒。

又

关山魂梦长，鱼雁音尘少。两鬓可怜青，只为相思老。

归梦碧纱窗，说与人人道。真个别离难，不似相逢好。

◎翠被双盘金缕凤。忆得前春，有个人人共。（宋欧阳修《蝶恋花》。人人，称亲昵的人。）

◆此词可能在长安为思念西楼歌女而作。“关山”句犹《少年游》词“王孙此去，山重水远，何处赋《西征》”。“鱼雁”句犹《满庭芳》词“别来久，浅情未有，锦字系征鸿”。此时叔原还只二十多岁，故曰“两鬓可怜青”。“归

梦”与“人人”则是指在汴京的西楼歌女。（张草纫《二晏词笺注》）

又

坠雨已辞云，流水难归浦。遗恨几时休，心抵秋莲苦。

忍泪不能歌，试托哀弦语。弦语愿相逢，知有相逢否。

◎“坠雨”二句：喻女子为人所抛弃。

◎断梦归云经日去，无计使、哀弦寄语。（宋张先《惜双双》）

◆齐梁新体诗之佳者，不能过之。（夏敬观批语）

又

一分残酒霞，两点愁蛾晕。罗幕夜犹寒，玉枕春先困。

心情剪彩慵，时节烧灯近。见少别离多，还有人堪恨。

◎立春之日，悉剪彩为燕戴之。（梁宗懔《荆楚岁时记》。剪彩，剪裁花纸或彩绸制成花草虫鱼之类的装饰品。）

◎烧灯：节日举行灯会。指元宵节。

又

轻轻制舞衣，小小裁歌扇。三月柳浓时，又向津亭见。

垂泪送行人，湿破红妆面。玉指袖中弹，一曲《清商怨》。

又

红尘陌上游，碧柳堤边住。才趁彩云来，又逐飞花去。

深深美酒家，曲曲幽香路。风月有情时，总是相思处。

◎一生风月供惆怅，到处烟花恨别离。（五代韦庄《多情》）

又

长恨涉江遥，移近溪头住。闲荡木兰舟，误入双鸳浦。

无端轻薄云，暗作廉纤雨。翠袖不胜寒，欲向荷花语。

◎涉江采芙蓉，兰泽多芳草。采之欲遗谁，所思在远道。（《古诗十九首》之六）

◎雨过月华生，冷彻鸳鸯浦。（宋柳永《甘草子》）

◎双鸳池沼水溶溶，南北小桥通。（宋张先《一丛花》）

◎廉纤雨：细雨。

◎天寒翠袖薄，日暮倚修竹。（唐杜甫《佳人》诗）

◆晏幾道《小山词》似古乐府，余绝爱其《生查子》云（词略）。公自序云："《补亡》一篇，补乐府之亡也。"可以当之。（清李调元《雨村词话》）

◆是六朝人《采莲赋》作法。（夏敬观批语）

◆起句用"涉江采芙蓉"诗，以呼应"荷花"结句，盖咏采莲女之作。上段写绮怀之幽香，下段写丽情之宛转，殊有《竹枝词》意味。（俞陛云《唐五代两宋词选释》）

又

远山眉黛长，细柳腰肢嫋。妆罢立春风，一笑千金少。

归去凤城时，说与青楼道。遍看颍川花，不似师师好。

◎总把春山扫眉黛，不知供得几多愁。（唐李商隐《代赠二首》之二）

◎再顾连城易，一笑千金买。（南朝梁王僧孺《咏宠姬》）

◆此词作于叔原监颍昌许田镇时，写给当地一个名师师的妓女。上片描写她容貌之美。下片谓他将来回到汴京，还将对京城的妓女夸说，颍川的女子当推师师为最美。（张

草纫《二晏词笺注》）

又

落梅庭榭香，芳草池塘绿。春恨最关情，日过阑干曲。

几时花里闲，看得花枝足。醉后莫思家，借取师师宿。

◆此词与上一首作于同一时期。庭榭、池塘，乃师师居处。（张草纫《二晏词笺注》）

又

狂花倾刻香，晚蝶缠绵意。天与短因缘，聚散常容易。

传唱入离声，恼乱双蛾翠。游子不堪闻，正是衷肠事。

◎落叶半床，狂花满屋。（北周庾信《小园赋》）

◎鲍生者，有妾二人。遇外弟韦生有良马。鲍出妾为酒劝韦。韦请以马换妾，鲍许以抱胡琴者。仍命歌以送韦酒。既而妾又歌以送鲍酒。歌曰："风飐荷珠难暂圆，多生信有短因缘。西楼今夜三更月，还照离人泣断弦。"（《太平广记》）

◎芳草灞陵春岸。柳烟深，满楼弦管。一曲离声肠寸断。（五代韦庄《上行杯》）

又

官身几日闲，世事何时足。君貌不长红，我鬓无重绿。

榴花满琖香，《金缕》多情曲。且尽眼中欢，莫叹时光促。

又

春从何处归，试向溪边问。岸柳弄娇黄，陇麦回青润。

多情美少年，屈指芳菲近。谁寄岭头梅，来报江南信。

◎庾岭上梅花，南枝已落，北枝方开，寒暖之候异也。（《白孔六帖》）

南乡子

渌水带青潮，水上朱阑小渡桥。桥上女儿双笑靥，妖娆，倚着阑干弄柳条。

月夜落花朝，减字偷声按玉箫。柳外行人回首处，迢迢，若比银河路更遥。

◎岸帻静言明月夜，匡床闲卧落花朝。（唐白居易《喜杨六侍御同宿》。落花朝，落花时节。）

◆今日西湖有花朝而无月夕，有红粉而无佳人，愧前盛矣。（明沈际飞《草堂诗馀续集》）

又

小蕊受春风，日日宫花花树中。恰向柳绵撩乱处，相逢，笑靥旁边心字浓。

归路草茸茸，家在秦楼更近东。醒去醉来无限事，谁同？说着西池满面红。

◎小蕊：女子名。

◎心字：心字香。

◎秦楼：指妓院或歌舞场所。

◆此词有“日日宫花花树中”之句，而《减字木兰花》（长杨辇路）词有“重到宫花花树中”之句，显然所咏为同一件事，“西池”与“长杨辇路”说明同样是在汴京。从“日日宫花花树中”及“说着西池满面红”的描写看，此女年岁尚小，而“家在秦楼更近东”表明她出身于倡家。可与《减字木兰花》词互相参阅。（张草纫《二晏词笺注》）

又

花落未须悲，红蕊明年又满枝。惟有花间人别后，无期，水阔山长雁字迟。

今日最相思，记得攀条话别离。共说春来春去事，多时，一点愁心入翠眉。

◎雁字迟：鸿雁来迟，表示久盼的书信未到。

◎攀条折其荣，将以遗所思。（《古诗十九首·庭中有奇树》。《三辅黄图》载，汉人送客至霸桥，折柳赠别。）

又

何处别时难？玉指偷将粉泪弹。记得来时楼上烛，初残，待得清霜满画阑。

不惯独眠寒，自解罗衣衬枕檀。百媚也应愁不睡，更阑，恼乱心情半被闲。

◎晨鸡两遍报更阑，刁斗无声晓露干。（唐方干《元日》。更阑，五更将尽，即将黎明。）

◆“阑”字重韵异解。宋人词前后阕不避重。（夏敬观批语）

又

画鸭懒熏香，绣茵犹展旧鸳鸯。不似同衾愁易晓，空床，细剔银灯怨漏长。

几夜月波凉，梦魂随月到兰房。残睡觉来人又远，难忘，便是无情也断肠。

◎舞鸾镜匣收残黛，睡鸭香炉换夕熏。（唐李商隐《促漏》）

◎金鱼锁断红桂春，古时尘满鸳鸯茵。（唐李商隐《燕

台秋》）

又

眼约也应虚，昨夜归来凤枕孤。且据如今情分里，相于，只恐多时不似初。

深意托双鱼，小剪蛮笺细字书。更把此情重问得，何如？共结因缘久远无。

◎眼约：用目光相约，犹目成。

◎相于：相厚，相亲近。

◆反复诘问，惟恐历久寒盟，写情入深细处。人谓小山之词，"字字娉娉袅袅，如揽嫱、施之袂"，此等句足以当之。（俞陛云《唐五代两宋词选释》）

又

新月又如眉，长笛谁教月下吹。楼倚暮云初见雁，南飞，漫道行人雁后归。

意欲梦佳期，梦里关山路不知。却待短书来破恨，应迟，还是凉生玉枕时。

◎黄昏一岸阴风起，新月如眉生阔水。（唐齐己《湘妃庙》）

◎何人教我吹长笛，与倚春风弄月明。（唐杜牧《题元处士高亭》）

◎残星几点雁横塞，长笛一声人倚楼。（唐赵嘏《长安晚秋》）

◎人归落雁后，思发在花前。（隋薛道衡《人日思归》）

◎梦中不识路，何以慰相思。（南朝梁沈约《别范安成》）

◆小词之妙，如汉、魏五言诗。其风骨兴象，迥乎不同。苟徒求之色泽字句间，斯末已。（清先著、程洪《词洁》）

◆“新月又如眉”，“又”字说明盼望丈夫归家已非一月。丈夫曾言雁后归来，从初见北雁南飞，至今丈夫仍未归，故曰“漫道”。倚楼远望之时，闻凄清之笛声，更令人难以为怀。无可奈何，欲寄托于梦里相逢，而“梦中不识路”，亦成空想。还是等丈夫来信，以解岑寂罢，那又太迟了，因为仍须等到凉秋时分。一层层转折，层次分明。（张草纫《二晏词笺注》）

清平乐

留人不住，醉解兰舟去。一棹碧涛春水路，过尽晓莺啼处。

渡头杨柳青青，枝枝叶叶离情。此后锦书休寄，画楼云雨无凭。

◎唯爱门前双柳树，枝枝叶叶不相离。（唐张籍《忆远》）

◆结句殊怨，然不忍别。（清周济《宋四家词选·目录

序》)

◆怨语,然自是凄绝。(清陈廷焯《词则·别调集》)

又

千花百草,送得春归了。拾蕊人稀红渐少,叶底杏青梅小。

小琼闲抱琵琶,雪香微透轻纱。正好一枝娇艳,当筵独占韶华。

◎雪香浓透紫檀槽,胡语急随红玉腕。(宋晏殊《木兰花》。雪香,女子肌肤的香气。)

◎一枝红艳露凝香,云雨巫山枉断肠。(唐李白《清平调三首》其二)

又

烟轻雨小,紫陌香尘少。谢客池塘生绿草,一夜红梅先老。

旋题罗带新诗,重寻杨柳佳期。强半春寒去后,几番花信来时。

◎紫陌红尘拂面来,无人不道看花回。(唐刘禹锡《元和十一年自朗州召至京戏赠看花诸君子》)

◎谢客:南朝宋诗人谢灵运小名客儿,故称谢客。谢诗中名句曰"池塘生春草",故后人称池塘为谢客池塘。

◎月上柳梢头，人约黄昏后。（宋欧阳修《生查子》）

◎花信：即花信风，谓应花期而来的风。

◆此词写仲春时节与一歌女重修旧好。“旋”与“重”皆为“重新”之义，似指曾与该女失和，现在重新题诗并约会。“春寒”隐喻关系冷淡，“花信”隐喻感情升温。（张草纫《二晏词笺注》）

又

可怜娇小，掌上承恩早。把镜不知人易老，欲占朱颜长好。

画堂秋月佳期，藏钩赌酒归迟。红烛泪前低语，绿笺花里新词。

◎掌上：相传汉成帝后赵飞燕体态轻盈，能为掌上舞。

◎容颜老难赪，把镜悲鬓发。（唐岑参《下外江舟怀终南旧居》。赪，红。）

◎藏钩：古代一种游戏。

又

红英落尽，未有相逢信。可恨流年凋绿鬓，睡得春酲欲醒。

钿筝曾醉西楼，朱弦玉指《梁州》。曲罢翠帘高卷，几回新月如钩。

◎庭前春逐红英尽，舞态徘徊。（南唐李煜《采桑子》）

◎春醒：春天醉后的困倦。句意谓别后百无聊赖，直睡到酒困欲醒时。

◆此词在长安时思念西楼歌女而作。（张草纫《二晏词笺注》）

又

春云绿处，又见归鸿去。侧帽风前花满路，冶叶倡条情绪。

红楼桂酒新开，曾携翠袖同来。醉弄影娥池水，短箫吹落残梅。

◎信在秦州，尝因猎，日暮驰马入城，其帽微侧。诘旦而吏民有戴帽者，咸慕信而侧帽焉。（《周书·独孤信传》。后以指洒脱不羁的风度。）

◎密房羽客类芳心，冶叶倡条遍相识。（唐李商隐《燕台·春》。冶叶倡条，指妓女。）

又

波纹碧皱，曲水清明后。折得疏梅香满袖，暗喜春红依旧。

归来紫陌东头，金钗换酒消愁。柳影深深细路，花梢小小层楼。

◎又有清流激湍，引以为流觞曲水。（晋王羲之《兰亭集序》）

◎顾我无衣搜荩箧，泥他沽酒拔金钗。（唐元稹《遣悲怀》）

◎消遣离愁无计，但暗掷、金钗买醉。（宋柳永《望远行》）

◆上阕“梅香”二句，喻暗喜彼姝之仍在。下阕“细路”、“层楼”二句，将其居处分明写出，其中人若唤之欲应也。（俞陛云《唐五代两宋词选释》）

◆此词中的“疏梅”为双关语，暗指歌女疏梅。疏梅原为南湖歌女。叔原经郑侠事件出狱后，在汴京重遇疏梅，虽已隔数年，疏梅依旧美丽姣好，两人重新来往。参阅《洞仙歌》（春残雨过）词。（张草纫《二晏词笺注》）

又

西池烟草，恨不寻芳早。满路落花红不扫，春色渐随人老。

远山眉黛娇长，清歌细逐霞觞。正在十洲残梦，水心宫殿斜阳。

◎太和末，（杜）牧自御史出佐宣州幕，虽所至辄游，终无属意。因游湖州，得鸦头女十馀岁，惊为国色。因语其母，将接至舟中，母女皆惧。牧曰：“且不即纳，当为后期。吾不十年，必守此郡。不来，乃从尔所适。”母许诺，为盟而别。故牧归，颇以湖州为念。寻拜黄州、池州、睦州，皆非意也。牧与周墀善，会墀为相，及拜以三笺，求守湖州。大中三年，始授湖州刺史，则已十四年矣。所约者已从人三载，而生三子。牧乃为诗曰：“自是寻春去较迟，不须惆怅怨芳时。狂风落尽深红色，绿叶成阴子满枝。”（唐于邺《扬州梦记》）

◎西宫南内多秋草，落叶满阶红不扫。（唐白居易《长恨歌》）

◎霞觞：美酒。

◎十洲：道教称大海中有十处神仙居住的名山胜景。泛指仙景。

又

蕙心堪怨，也逐春风转。丹杏墙东当日见，幽会绿窗题遍。

眼中前事分明，可怜如梦难凭。都把旧时薄幸，只消今日无情。

◎东都妙姬，南国丽人。蕙心纨质，玉貌绛唇。（南朝宋鲍照《芜城赋》。蕙心，本喻女子心地纯洁，性情高雅。此指所怨女子之心。）

◆此词记录叔原与一女子之间的一段感情纠葛。当日幽会题诗，满心喜欢，而如今好梦难凭，心生怨恨。然而“旧时薄幸”，说明叔原以前曾有负于她，所以自责无奈，只得强作排遣。（张草纫《二晏词笺注》）

又

幺弦写意，意密弦声碎。书得凤笺无限事，犹恨春心难寄。

卧听疏雨梧桐，雨馀淡月朦胧。一夜梦魂何处，那回杨叶楼中。

◎莫把幺弦拨，怨极弦能说。（宋张先《千秋岁》。幺弦，琵琶的第四弦，借指琵琶。）

◎花朝月夜动春心，谁忍相思不相见？（南朝梁元帝《春别应令诗》之一）

◎杨叶楼中不寄书，莲花剑上空流血。（唐李昂《从军行》。杨叶楼，借指女子居处。）

◆“幺弦”二句，听女子的琵琶声，似含有情意，引起了自己的情思，犹《临江仙》词“琵琶弦上说相思”也。然而“春心难寄”，因为这女子可能是朋友家中的侍女。末二句，相思入梦，还到女子身边，犹《鹧鸪天》词“梦魂惯得无拘检，又踏杨花过谢桥”也。（张草纫《二晏词笺注》）

又

笙歌宛转，台上吴王宴。宫女如花倚春殿，舞绽缕金衣线。

酒阑画烛低迷，彩鸳惊起双栖。月底三千绣户，云间十二琼梯。

◎宫女如花满春殿，只今惟有鹧鸪飞。（唐李白《越中览古》）

◎惊起鸳鸯岂无恨，一双飞去却回头。（唐杜牧《入茶山下题水口草市绝句》）

◎江上高楼十二梯，梯梯登遍与云齐。（唐刘禹锡《楼上》）

又

暂来还去，轻似风头絮。纵得相逢留不住，何况相逢无处。

去时约略黄昏，月华却到朱门。别后几番明月，素娥应是消魂。

◎青女素娥俱耐冷，月中霜里斗婵娟。（唐李商隐《霜月》。素娥，嫦娥的别称。）

◆先言无处相逢，似已说尽矣。后段话明月以见意，纵不相逢，而仍相思无既。真善写情者。（俞陛云《唐五代两宋词选释》）

又

双纹彩袖，笑捧金船酒。娇妙如花轻似柳，劝客千春长寿。

艳歌更倚疏弦，有情须醉尊前。恰是可怜时候，玉娇今夜初圆。

◎江东苏小，夭斜窈窕，都不胜、彩鸾娇妙。（宋张先《梦仙乡》。娇妙，俏丽。）

◎可怜：可喜。

◎玉娇：指明月。

又

寒催酒醒，晓陌飞霜定。背照画帘残烛影，斜月光中人静。

锦衣才子西征，万重云水初程。翠黛倚门相送，鸾肠断处离声。

◎鸾肠：指鸾肠（鹍鸡等的肠的美称）所制的琴弦。句谓奏到哀感的离声，琴弦亦为之而断。

◆此词“锦衣才子西征，万重烟水初程”，与《少年游》（西楼别后）词“王孙此际，山重水远，何处赋《西征》”相符，可知所叙为离别西楼歌女去长安事。描写清晨出发，西楼歌女相送情景。（张草纫《二晏词笺注》）

又

莲开欲遍，一夜秋声转。残绿断红香片片，长是西风堪怨。

莫愁家住溪边，采莲心事年年。谁管水流花谢，月明昨夜兰船。

◎莫愁：古乐府传说中女子。泛指女子。

◆抵过六朝人一篇《采莲赋》。（夏敬观批语）

◆下阕言流水落花，最是无情有恨，而夜月兰船，嬉游自若，徒使采莲人年年惆怅，莫愁之愁，殆与春潮俱满矣。（俞陛云《唐五代两宋词选释》）

◆叔原大约在熙宁四年（1070）到六年（1073）之间，曾在河南商丘与一歌女相恋，并一起在南湖采莲。后来感情破裂，该歌女爽约不再来往，使叔原十分痛苦。参阅《鹧鸪天》（守得莲开结伴游）词及《玉楼春》（采莲时节慵歌舞）词。此词谓莲开尚未遍，而一夜西风，把花片吹落殆尽。暗示他与该女之间，已有裂痕。“采莲心事年年”指叔原还把与该女一起采莲之情萦记于心。词当作于与该女子断绝往来之后。（张草纫《二晏词笺注》）

又

沉思暗记，几许无凭事。菊靥开残秋少味，闲却画阑风意。

梦云归处难寻，微凉暗入香襟。犹恨那回庭院，依前月浅灯深。

◎城高铁瓮横强弩，柳暗朱楼多梦云。（唐杜牧《润州》诗之二。梦云，借指女子。）

◆“无凭事”指叔原与一女子相好之事。“梦云”句道出真情，该女子已离他而去。如今庭院中之景色依然，而人已行踪难寻，此所以为恨也。（张草纫《二晏词笺注》）

又

莺来燕去，宋玉墙东路。草草幽欢能几度，便有系人心处。

碧天秋月无端，别来长照关山。一点恹恹谁会，依前凭暖阑干。

◎玉曰："天下之佳人，莫若楚国。楚国之丽者，莫若臣里。臣里之美者，莫若臣东家之子。……然此女登墙，窥臣三年，至今未许也。"（战国楚宋玉《登徒子好色赋》）

◎处处落花春寂寂，时时中酒病恹恹。（唐刘兼《春昼醉眠》。恹恹，精神委靡貌。）

又

心期休问，只有尊前分。勾引行人添别恨，因是语低香近。

劝人满酌金钟，清歌唱彻还重。莫道后期无定，梦魂犹有相逢。

◎分：缘分。

木兰花

秋千院落重帘暮，彩笔闲来题绣户。墙头丹杏雨馀花，门外绿杨风后絮。

朝云信断知何处，应作襄王春梦去。紫骝认得旧游踪，嘶过画桥东畔路。

◎彩笔：《古今事文类聚别集》卷五载：南朝梁江淹少时，曾梦人授以五色笔，从此文诗大进。后梦中将五色笔交还郭璞，从此为诗绝无美句，人谓才尽。后人因以“彩笔”指文笔富于词藻。

◎彩笔昔曾干气象，白头吟望更低垂。（唐杜甫《秋兴八首》之八）

◆“雨馀花，风后絮”，“入江云，粘地絮”，如出一手。（明沈际飞《草堂诗馀正集》）

◆填词结句，或以动荡见奇，或以迷离称隽，着一实语，败矣。康伯可“正是销魂时候也，撩乱花飞”、晏叔原“紫骝认得旧游踪，嘶过画桥东畔路”、秦少游“放花无语对斜晖，此恨谁知”，深得此法。（清沈谦《填词杂说》）

◆“馀”、“后”二字有意味。（清陈廷焯《词则·闲情集》）

◆前阕首二句，别后想其院宇深沉，门阑紧闭。接言墙内之人，如雨馀之花，门外行踪，如风后之絮。次阕起二句，言此后杳无音信。末二句言重经其地，马尚有情，况于人乎？似为游冶思其旧好而言。然叔原尝言其先公不作妇人语，则叔原又岂肯为狭邪之事。或亦有所寄托言之也。（清黄苏《蓼园词评》）

◆此词叙述对旧识歌女之回忆。故地重来，伊人已杳。马犹记路，人何以堪。南宋俞国宝《风入松》词“玉骢惯识西湖路，骄嘶过沽酒楼前”，化用此词末二句，但无此凄婉。（张草纫《二晏词笺注》）

又

小颦若解愁春暮，一笑留春春也住。晚红初减谢池花，新翠已遮琼苑路。

湔裙曲水曾相遇，挽断罗巾容易去。啼珠弹尽又成行，毕竟心情无会处。

◎雨横风狂三月暮。门掩黄昏，无计留春住。（宋欧阳修《蝶恋花》）

◎谢池：谢灵运《登池上楼》诗“池塘生春草”为千古名句，后人因把“谢家池”、“谢池”作为池塘的美称。

◎湔裙：旧俗于农历正月元日至晦日，士女酹酒洗衣于水边，以辟灾度厄。

◎唐李商隐《柳枝·序》：柳枝为商隐堂兄让山的邻女，因见让山诵商隐《燕台》诗，生爱慕之心。手断长带结让山为赠叔乞诗。次日见商隐，约商隐曰：“后三日邻当去湔裙水上，以博山香待，与郎俱过。”商隐因事爽约。后柳枝为东诸侯取去。

又

小莲未解论心素，狂似钿筝弦底柱。脸边霞散酒初醒，眉上月残人欲去。

旧时家近章台住，尽日东风吹柳絮。生憎繁杏绿阴时，正碍粉墙偷眼觑。

◎空留锦字表心素，至今缄愁不忍窥。（唐李白《寄远》诗之八。心素，心意，心情。）

◎东风吹柳絮：形容柳絮在风中飘荡，亦暗喻她的狂放好动。

又

风帘向晓寒成阵，来报东风消息近。试从梅蒂紫边寻，更绕柳枝柔处问。

来迟不是春无信，开晚却疑花有恨。又应添得几分愁，二十五弦弹未尽。

◎向晓：凌晨。

◎梅蒂紫边：指梅花的紫色花蒂。

◎二十五弦弹夜月，不胜清怨却飞来。（唐钱起《归雁》）

又

念奴初唱《离亭宴》，会作离声勾别怨。当时垂泪忆西楼，湿尽罗衣歌未遍。

难逢最是身强健，无定莫如人聚散。已拚归袖醉相扶，更恼香檀珍重劝。

◆此词为西楼歌女而作。叔原与该女分别后（《少年游》“西楼别后”），去长安任职，大约三年后任满回汴京，而该女已死。故听歌而忆念旧情，歌未毕已罗衣尽湿。“难逢最是身强健”恐非泛泛而言，暗示西楼歌女乃因病而亡。（张草纫《二晏词笺注》）

又

玉真能唱朱帘静，忆在双莲池上听。百分蕉叶醉如泥，却向断肠声里醒。

夜凉水月铺明镜，更看娇花闲弄影。曲终人意似流波，休问心期何处定。

◎百分：犹满杯。

◎蕉叶：浅底酒杯。

◎云破月来花弄影。（宋张先《天仙子》）

◆此词写在池上饮酒听歌，见月下荷花娇艳而回忆前情，不胜伤感，因而歌曲虽终，而思绪不绝。似为同在南湖采莲的女子而作。（张草纫《二晏词笺注》）

又

阿茸十五腰肢好，天与怀春风味早。画眉匀脸不知愁，殢酒熏香偏称小。

东城杨柳西城草，月会花期如意少。思量心事薄轻云，绿镜台前还自笑。

◎殢酒：沉湎于酒。

◎“思量”句：谓由于年纪尚小，虽已开始有怀春之情，但其心事毕竟还无足轻重。

又

初心已恨花期晚，别后相思长在眼。兰衾犹有旧时香，每到梦回珠泪满。

多应不信人肠断，几夜夜寒谁共暖。欲将恩爱结来生，只恐来生缘又短。

◎细雨梦回鸡塞远，小楼吹彻玉笙寒。（南唐李璟《摊破浣溪沙》。梦回，梦醒后。）

减字木兰花

长亭晚送，都似绿窗前日梦。小字还家，恰应红灯昨夜花。

良时易过，半镜流年春欲破。往事难忘，一枕高楼到夕阳。

◎劝我早归家，绿窗人似花。（五代韦庄《菩萨蛮》）

◎小字：指书信。

◎半镜：据唐孟棨《本事诗·情感第一》载：陈后主之妹乐昌公主，为太子舍人徐德言之妻。时陈政方乱，德言破一镜，各执其半，相约国亡后于正月望日持半镜相访。陈亡，乐昌为越公杨素所得。德言于正月望日访于都市。有苍头持半镜卖，大高其价，人皆笑之。德言出半镜以合之。乐昌以情告杨素，素即召德言，还其妻。后遂以半镜或破镜喻夫妻离别。半镜流年，谓夫妻分别的岁月。

◆轻而不浮，浅而不露，美而不艳，动而不流。字外盘旋，句中含吐。小词能事备矣。（清先著、程洪《词洁》）

◆由相别而相逢，而又相别，窗前灯影，楼上斜阳，写悲欢离合，情景兼到。（俞陛云《唐五代两宋词选释》）

又

留春不住，恰似年光无味处。满眼飞英，弹指东风太浅情。

筝弦未稳，学得新声难破恨。转枕花前，且占香红一夜眠。

又

长杨辇路，绿满当年携手处。试逐春风，重到宫花花树中。

芳菲绕遍，今日不如前日健。酒罢凄凉，新恨犹添旧恨长。

◎振师五柞，习马长杨。（汉扬雄《长杨赋》。长杨，长杨宫的省称。）

◎辇路经营，修除飞阁。（汉班固《西都赋》。辇路，天子车驾所经的道路。）

◆此词有“重到宫花花树中”之句，可知为《南乡子》词“小蕊受春风。日日宫花花树中”之续篇。词意谓离别数年之后，重到当年与小蕊携手同游之处，已寻访不到小蕊的行踪，因而心绪凄凉，愁恨交集。“旧恨”指昔年离别，“新恨”谓今日寻访不遇。（张草纫《二晏词笺注》）

泛清波摘遍

催花雨小，着柳风柔，都似去年时候好。露红烟绿，尽有狂情斗春早。长安道。秋千影里，丝管声中，谁放艳阳轻过了。倦客登临，暗惜光阴恨多少。

楚天渺。归思正如乱云，短梦未成芳草。空把吴霜鬓华，自悲清晓。帝城杳。双凤旧约渐虚，孤鸿后期难到。且趁朝花夜月，翠尊频倒。

◎楚天：此处指汴京，作者家在汴京。

◎吴霜点归鬓，身与塘蒲晚。（唐李贺《还自会稽歌》。吴霜鬓华，喻白发。）

◎云里帝城双凤阙，雨中春树万人家。（唐王维《奉和圣制从蓬莱向兴庆阁道中留春雨中春望之作应制》。双凤，双凤阙，借指帝都。）

◆词中有“都似去年时候好”及“长安道”之语，可知作于离汴京到长安后的次年春天。（张草纫《二晏词笺注》）

洞仙歌

春残雨过，绿暗东池道。玉艳藏羞媚赪笑。记当时、已恨飞镜欢疏，那至此，仍苦题花信少。

连环情未已，物是人非，月下疏梅似伊好。澹秀色，黯寒香，粲若春容，何心顾、闲花凡草。但莫使、情随岁华迁，便杳隔秦源，也须能到。

◎有村皆绿暗，无径不红芳。（唐吴融《途次淮口》。绿暗，指绿阴渐浓。）

◎更深欲诉蛾眉敛，衣薄临醒玉艳寒。（唐李商隐《天平公主座中呈令狐令公》。玉艳，像玉一样华美艳丽，形容艳丽的脸容。）

◎飞镜欢疏：谓月下的欢情太少。

◎我是梦中传彩笔，欲书花片寄朝云。（唐李商隐《牡丹》。题花，在花片上题诗。）

◎秦源：即桃源，桃花源。据南朝宋刘义庆《幽冥录》：东汉时刘晨、阮肇到天台山采药迷路，误入桃源洞，遇见二仙女，被邀至其家。半年后归家，子孙已过七代。再到桃源，已找不到原处。常用以表示男女之间的爱情不能重新恢复。

◆此词写重见疏梅。疏梅是叔原在归德府南湖认识的歌女。（参阅《虞美人》词："疏梅月下歌《金缕》。忆共文君语。"）但他当时所恋的是一同采莲的文君（借代），对疏梅仅是一般的相识。故曰"飞镜欢疏……题花信少"。此时疏梅从归德迁到汴京。叔原因郑侠上书事被拘，出狱后又见到她，故曰“连环情未已”。“物是人非”，指自己的处境发生了很大变化。结句表示他希望能与疏梅重叙旧欢。（张草纫《二晏词笺注》）

菩萨蛮

来时杨柳东桥路，曲中暗有相期处。明月好因缘，欲圆还未圆。

却寻芳草去，画扇遮微雨。飞絮莫无情，闲花应笑人。

◎曲中：妓坊的通称。

◆月未十分圆满，情味最长。取喻因缘，小山独能见到。（俞陛云《唐五代两宋词选释》）

又

个人轻似低飞燕，春来绮陌时相见。堪恨两横波，恼人情绪多。

长留青鬓住，莫放红颜去。占取艳阳天，且教伊少年。

◎汉成帝孝成皇后赵飞燕，本为宫人，初学歌舞，以体轻号飞燕。

◎眉连娟以增绕兮，目流睇而横波。（《文选》傅毅

《舞赋》。横波，指女子流动的眼波。）

又

莺啼似作留春语，花飞斗学《回风舞》。红日又平西，画帘遮燕泥。

烟光还自老，绿镜人空好。香在去年衣，鱼笺音信稀。

◎花台欲暮春辞去，落花起作《回风舞》。（唐李贺《残丝曲》）

◎京路人归天直北，江楼客散日平西。（唐白居易《北楼送客归上都》）

◎闽中二月，烟光秀绝。（唐黄滔《祭崔补阙》）

◎写得鱼笺何恨，其如花锁春辉。（五代和凝《何满子》。鱼笺，古代的一种笺纸，借指书信。）

又

春风未放花心吐。尊前不拟分明语。酒色上来迟。绿须红杏枝。

今朝眉黛浅。暗恨归时远。前夜月当楼。相逢南陌头。

◎绿须：指乌黑的头发。

◎红杏枝：指红润的脸颊。

又

娇香淡染胭脂雪，愁春细画弯弯月。花月镜边情，浅妆匀未成。

佳期应有在，试倚秋千待。满地落英红，万条杨柳风。

◎娇香：原指花，喻美女。

又

香莲烛下匀丹雪，妆成笑弄金阶月。娇面胜芙蓉，脸边天与红。

玳筵双揭鼓，唤上华茵舞。春浅未禁寒，暗嫌罗袖宽。

◎丹雪：指胭脂和铅粉。

◎大妇初调筝，中妇饮歌声。小妇春妆罢，弄月当宵楹。（南唐李煜《三妇艳》诗之六）

又

哀筝一弄《湘江曲》，声声写尽湘波绿，纤指十三弦。细将幽恨传。

当筵秋水慢，玉柱斜飞雁。弹到断肠时，春山眉黛低。

◎银筝夜久殷勤弄，心怯空房不忍归。（唐王涯《秋夜曲》）

◎二八月轮蟾影破，十三弦柱雁行斜。（唐李商隐《昨日》）

◎双眸翦秋水，十指剥春葱。（唐白居易《筝》）

◆温庭筠“雁柱十三弦，一一春莺语”，陈无已（应为晏幾道）“弹到断肠时，春山眉黛低”，皆弹琴筝俊语也。（明王世贞《弇州山人词评》）

◆“断肠”二句俊极，与“一一春莺语”（欧阳修《生查子》词）比美。（明沈际飞《草堂诗馀正集》）

◆写筝耶？寄托耶？意致却极凄惋。末句意浓而韵远，妙在能蕴藉。（清黄苏《蓼园词评》误作张子野词）

又

江南未雪梅花白。忆梅人是江南客。犹记旧相逢。淡烟微月中。

玉容长有信。一笑归来近。怀远上楼时。晚云和雁低。

◎玉容寂寞泪阑干，梨花一枝春带雨。（唐白居易《长恨歌》）

◆“淡烟微月”句高雅绝尘，人与花合写也。“晚云”句在空际写怀人，旨趣弥永。（俞陛云《唐五代两宋词选释》）

◆宋神宗元丰元年（1078），叔原五兄知止任吴郡太守，叔原去江南依其兄。此词为在江南时思念汴京的疏梅而

作，故曰“忆梅人是江南客”。“玉容”句指疏梅常写信给他。“一笑”句谓他不久即将回汴京。（张草纫《二晏词笺注》）

又

相逢欲话相思苦，浅情肯信相思否。还恐漫相思，浅情人不知。

忆曾携手处，月满窗前路。长到月来时，不眠犹待伊。

玉楼春

雕鞍好为莺花住，占取东城南陌路。尽教春思乱如云，莫管世情轻似絮。

古来多被虚名误，宁负虚名身莫负。劝君频入醉乡来，此是无愁无恨处。

◎玉勒雕鞍游冶处，楼高不见章台路。（宋欧阳修《蝶恋花》）

◆清真袭取“人如风后过江云，情似雨馀粘地絮”，较此尤妙。（夏敬观批语）

又

一尊相遇春风里，诗好似君人有几。吴

姬十五语如弦，能唱当时楼下水。

良辰易去如弹指，金琖十分须尽意。明朝三丈日高时，共拚醉头扶不起。

◎当时楼下水，今日到何处？（唐杜牧《题安州浮云寺楼寄湖州张郎中》）

◎醉头扶不起，三丈日还高。（唐杜牧《醉题》诗）

又

琼酥酒面风吹醒，一缕斜红临晚镜。小颦微笑尽妖娆，浅注轻匀长淡净。

手挼梅蕊寻香径，正是佳期期未定。春来还为个般愁，瘦损宫腰罗带剩。

◎琼酥：亦作琼苏，美酒名。

◎分妆间浅靥，绕脸傅斜红。（南朝梁简文帝《艳歌篇》。唐张泌《妆楼记》："斜红绕脸，盖古妆也。"）

◎临晚镜，伤流景，往事后期空记省。（宋张先《天仙子》）

◎手寒匀面粉，鬟动倚帘风。（唐元稹《生春》诗）

◎闲引鸳鸯香径里，手挼红杏蕊。（南唐冯延巳《谒金门》）

◎楚王空待学风流，饿损宫腰终不似。（宋柳永《木兰花·柳枝》）

又

清歌学得秦娥似，金屋瑶台知姓字。可怜春恨一生心，长带粉痕双袖泪。

从来懒话低眉事，今日新声谁会意。坐中应有赏音人，试问回肠曾断未。

◎“金屋”句：谓闻名于富人贵族之家。

◎是以肠一曲而九回。（汉司马迁《报任少卿书》。以肠的反复翻转喻忧思郁结，后以愁肠为回肠。）

◎桓公入蜀，至三峡中，部伍中有得猨子者。其母缘岸哀号，行百馀里不去。遂跳上船，至即便绝。破视其腹中，肠皆寸寸断。（《世说新语·黜免》。后以断肠或肠断形容极度思念或悲痛。）

又

旗亭西畔朝云住，沉水香烟长满路。柳阴分到画眉边，花片飞来垂手处。

妆成尽任秋娘妒，嫋嫋盈盈当绣户。临风一曲醉朦腾，陌上行人凝恨去。

◎旗亭：酒楼。悬旗为酒招，故称。

◎曲罢常教善才服，妆成每被秋娘妬。（唐白居易《琵琶行》。秋娘，杜秋娘。唐节度使李锜妾，善唱《金缕曲》。泛指歌女或侍妾。）

◆极似"红豆啄残，碧梧栖老"一联，于此可参活句。（明卓人月《古今词统》）

又

离鸾照罢尘生镜。几点吴霜侵绿鬓。琵琶弦上语无凭，豆蔻梢头春有信。

相思拚损朱颜尽。天若多情终欲问。雪窗休记夜来寒，桂酒已消人去恨。

◎娉娉袅袅十三馀，豆蔻梢头二月初。（唐杜牧《赠别》）

◎衰兰送客咸阳道，天若有情天亦老。（唐李贺《金铜仙人辞汉歌》）

◆去冬雪夜，叔原曾听一女子弹奏琵琶，触动心旌。至今分别已数月，眼见豆蔻梢头已露春意，而仍未重逢，故作此词以抒相思之苦。（张草纫《二晏词笺注》）

又

东风又作无情计。艳粉娇红吹满地。碧楼帘影不遮愁，还似去年今日意。

谁知错管春残事。到处登临曾费泪。此时金琖直须深，看尽落花能几醉。

又

斑骓路与阳台近。前度无题初借问。暖风鞭袖尽闲垂，微月帘栊曾暗认。

梅花未足凭芳信。弦语岂堪传素恨。翠眉饶似远山长，寄与此愁颦不尽。

◎斑骓：毛色青白相杂的骏马。旧诗词中常用以指所爱男子所骑的马。

◎阳台：见《临江仙》（浅浅馀寒春半）词注。借指风月场所。

◆此词描写一风尘女子的心态。该女见一男子初度来访，便对他产生钟情之意，但该男子仅略问几句而已。后又见该男子骑马在门前徘徊，并在月光下窥望她家帘幕。女子以梅花相赠，并以弦语表达深情，而该男子始终无所表示。所以暗自伤神，双眉不展。（张草纫《二晏词笺注》）

又

红绡学舞腰肢软，旋织舞衣宫样染。织成云外雁行斜，染作江南春水浅。

露桃宫里随歌管，一曲《霓裳》红日晚。归来双袖酒成痕，小字香笺无意展。

◎织为云外秋雁行，染作江南春水色。（唐白居易《缭绫》诗）

◎细腰宫里露桃新，脉脉无言几度春。（唐杜牧《题桃

花夫人庙》诗）

◎怅望前回梦里期。看花不语苦相思。露桃宫里小腰肢。（五代韦庄《天仙子》）

◎红笺小字。说尽平生意。鸿雁在云鱼在水。惆怅此情难寄。（晏殊《清平乐》）

又

当年信道情无价，桃叶尊前论别夜。脸红心绪学梅妆，眉翠工夫如月画。

来时醉倒旗亭下，知是阿谁扶上马。忆曾挑尽五更灯，不记临分多少话。

◎桃叶：晋王献之侍妾名。借指侍女或歌妓。

◆咏酒醉之诗，唐人有“不知谁送出深松”，宋人有“阿谁扶我上雕鞍”，皆善于描写。叔原《玉楼春》词云：（词略）。真能委曲言情。（清郭麐《灵芬馆词话》）

◆清真袭取入《瑞鹤仙》词。（夏敬观批语）

◆此词回忆当年与一歌女叙别之时，该女刻意梳妆打扮，可见她的情深意密。当时离情萦怀，饮至沉醉，不知是谁扶我上马回家，也不记得临别时她对我说了多少话。醒后苦苦回忆，直到黎明，还是茫无头绪。（张草纫《二晏词笺注》）

又

采莲时候慵歌舞，永日闲从花里度。暗

随蘋末晓风来，直待柳梢斜月去。

停桡共说江头路，临水楼台苏小住。细思巫峡梦回时，不减秦源肠断处。

◎一夜清风蘋末起，露珠翻尽满池波。（唐王涯《秋思二首》诗之二）

◎苏小：苏小小。南朝齐钱塘名妓。借指女子。

◎巫峡梦回：见《临江仙》（浅浅馀寒春半）词注。

◎秦源：即桃源，桃花源。常用以表示男女之间的爱情不能重新恢复。

◆绵丽有致。（清陈廷焯《词则·闲情集》）

◆此词叙述叔原在商丘结识一歌女，二人常相约在南湖采莲。白天在湖中游耍，晚上在该女家中歇宿。“巫峡梦回”表明后来二人关系发生变化，该歌女不再与他相好，因此他回思往事，犹如刘、阮重到桃源，已找不到仙女踪迹，思之令人肠断。（张草纫《二晏词笺注》）

又

芳年正是香英嫩，天与娇波长入鬓。蕊珠宫里旧承恩，夜拂银屏朝把镜。

云情去住终难信，花意有无休更问。醉中同尽一杯欢，归后各成孤枕恨。

◎长途酒醒腊春寒，嫩蕊香英扑马鞍。（唐罗隐《人日新安道中见梅花》。句谓女子年纪很轻。）

◎愁蛾黛蹙，娇波刀剪。（宋柳永《河传》。娇波，妩媚的目光。）

◎蕊珠宫：道教经典中所说的仙宫。

◎夜拂玉床朝把镜，黄金殿外不教行。（唐王建《宫词一百首》之六十八）

又

轻风拂柳冰初绽，细雨消尘云未散。红窗青镜待妆梅，绿陌高楼催送雁。

华罗歌扇金蕉琖，记得寻芳心绪惯。凤城寒尽又飞花，岁岁春光常有限。

◎“红窗”二句：意谓歌女晓妆未竟，而绿陌高楼已有人来催去侑酒。

阮郎归

粉痕闲印玉尖纤，啼红傍晚奁。旧寒新暖尚相兼，梅疏待雪添。

春冉冉，恨恹恹，章台对卷帘。个人鞭影弄凉蟾，楼前侧帽檐。

◎昭君拂玉鞍，上马啼红颊。（唐李白《王昭君二首》之二。啼红，指女子流泪。）

◆词中有章台卷帘之句，知所写的是一个妓女。前六句从妓女入笔，晚妆、时令、心境逐一描述。最后三句从另一面写。谓此时卷帘面向章台街，只见月光下一个游客在楼前侧帽扬鞭，装出十分潇洒的样子。此词对妓女和游客分头各自描写，不作评判，而褒贬之意自见。（张草纫《二晏词笺注》）

又

来时红日弄窗纱，春红入睡霞。去时庭树欲栖鸦，香屏掩月斜。

收翠羽，整妆华，青骊信又差。玉笙犹恋碧桃花，今宵未忆家。

◎十五入汉宫，花颜笑春红。（唐李白《怨歌行》）

◎王孙归去晚，宫树欲栖鸦。（五代韦庄《延兴门外作》）

◎青骊：毛色青黑的马。此处借指骑马的人。

◎碧桃花：喻欢场中的女子。

◆词写闺怨。夫婿一夜未归，回家时已红日当窗，而到黄昏月斜时又出门去了。因此妻子收拾起首饰和化妆品，不再晚妆。“青骊信又差”，谓夫婿又一次失信。末二句点明怨恨的根由：今夜他仍留恋与别的女子寻欢作乐，不想回家。（张草纫《二晏词笺注》）

又

旧香残粉似当初，人情恨不如。一春犹

有数行书，秋来书更疏。

衾凤冷，枕鸳孤，愁肠待酒舒。梦魂纵有也成虚，那堪和梦无。

◆小山《阮郎归》词：（词略）。情意凄婉，不在五代人之下。后结句，先与道君（宋徽宗）《燕山亭》，不期而同。惟道君《燕山亭》全阕尤悱哀可怜，因其境惨故也。（张伯驹《丛碧词话》）

◆《采桑子》词云："秋来更觉消魂苦，小字还稀。"此词曰："一春犹有数行书。秋来书更疏。"《采桑子》词云："别后除非。梦里时时得见伊。"此词曰："梦魂纵有也成虚。那堪和梦无。"二词所咏情事相同。《采桑子》词有"南楼把手凭肩处"之句，可知为"南楼翠柳"而作。（张草纫《二晏词笺注》）

又

天边金掌露成霜，云随雁字长。绿杯红袖称重阳，人情似故乡。

兰佩紫，菊簪黄，殷勤理旧狂。欲将沉醉换悲凉，清歌莫断肠。

◎蒹葭苍苍，白露为霜。（《诗经·秦风·蒹葭》）

◎理旧狂：指重温旧时之狂态。

◆小山词《阮郎归》云：（词略）。"绿杯"二句，意已厚矣。"殷勤理旧狂"五字三层意。"狂"者，所谓一肚皮不合时宜发现于外者也。狂已旧矣，而理之，而殷勤理之，其若有甚不得已者。“欲将沈醉换悲凉”，是上句注脚。“清歌莫断肠”，仍含不尽之意。此词沉着厚重，得此结句，便觉竟体空灵。小晏神仙中人，重以名父之贻，师友相与沆瀣，其独造处，岂凡夫肉眼所能见及。“梦魂惯得无拘检，又逐杨花过谢桥”，以是为止，乌足与论小山词耶？（清况周颐《蕙风词话》）

◆这首词可能作于神宗元丰六、七年（1083、1084）重阳节叔原监颍昌许田镇时。颍昌即许州。仁宗皇祐元年（1049）秋，晏殊曾到许州担任过一年知州。虽已过去三十馀年，可能在许州还留有一些旧吏。叔原虽然仕途淹蹇，陆沈下位，他们对他还很尊重，请他参加州府的重阳节宴会，所以他有“人情似故乡”之感。此词写他在重阳节参加宴会的情景和感受。谓虽居客中，而人情温暖，既有美酒可饮，又有美人相陪，则不必为闻清歌而断肠矣。（张草纫《二晏词笺注》）

又

晓妆长趁景阳钟，双蛾着意浓。舞腰浮动绿云秾，樱桃半点红。

怜美景，惜芳容，沉思暗记中。春寒帘幕几重重，杨花尽日风。

◎今朝画眉早，不待景阳钟。（唐李贺《追赋画江潭苑四首》之四。景阳钟，南朝齐武帝以宫深不闻端门鼓漏声，置钟于景阳楼上。宫人闻钟声，早起装饰。后人称之为景阳钟。）

◎绿云扰扰，梳晓鬟也。（唐杜牧《阿房宫赋》）

◎红绽樱桃含白雪，断肠声里唱《阳关》。（唐李商隐《赠歌妓》。樱桃，喻女子小而红润的嘴。）

◆此词末二句以景语作结，但景中含情。“春寒”句带有关怀之意，“杨花”句怜其飘泊无依。（张草纫《二晏词笺注》）

归田乐

试把花期数，便早有、感春情绪。看即梅花吐。愿花更不谢，春且长住。只恐花飞又春去。

花开还不语，问此意、年年春还会否。绛唇青鬓，渐少花前侣。对花又记得、旧曾游处。门外垂杨未飘絮。

◎泪眼问花花不语，乱红飞过秋千去。（宋欧阳修《蝶恋花》词）

浣溪沙

二月春花厌落梅，仙源归路碧桃催。渭城丝雨劝离杯。

欢意似云真薄幸，客鞭摇柳正多才。凤楼人待锦书来。

◆此词写一欢场女子于春日送别情人。一面指其薄幸，一面犹望他别后能寄书信，以慰离别之情。（张草纫《二晏词笺注》）

又

卧鸭池头小苑开，暄风吹尽北枝梅。柳长莎软路萦回。

静避绿阴莺有意，漫随游骑絮多才。去年今日忆同来。

◎暄风：暖风，春风。

◎杨花榆荚无才思，惟解漫天作雪飞。（唐韩愈《晚春》。此反用其意。）

又

二月和风到碧城，万条千缕绿相迎。舞烟眠雨过清明。

妆镜巧眉偷叶样，歌楼妍曲借枝名。晚秋霜霰莫无情。

◎元始（元始天尊）居紫云之阙，碧霞为城。（《太平御览》卷六七四引《上清经》。后以碧城为仙人居处。此处泛指华美的住所。）

◎“妆镜”句：谓对镜梳妆，按柳叶图形画眉。

◎借枝名：谓歌楼所唱之曲以“杨柳枝”为名。

◆此词咏柳，上片即景形容，下片用典赞美，有爱怜之意。刘永济《唐五代两宋词简析》云：“此词通首咏柳，细味之皆含讽意。上半阕言其盛时。下半阕一、二句，言趋附者之多也。末句似讽似怜，又似以盛衰无常警戒之。盖柳盛于二月时而衰于晚秋，似得势者有盛必有衰也。作者意中必有所指之人，必系权势煊赫于一时者。考宋仁宗朝，吕夷简权势最盛，子公绰、公弼、公著、公孺皆荣显。《宋史·吕夷简传》论曰：‘吕氏更执国政，三世四人，世家之盛，则之未有也。’神宗朝王安石得君虽专，然不如吕氏之三世执政。此词所讽，当指吕氏。”可备一说。（张草纫《二晏词笺注》）

又

白纻春衫杨柳鞭，碧蹄骄马杏花鞯。落英飞絮冶游天。

南陌暖风吹舞榭，东城凉月照歌筵。赏心多是酒中仙。

◎白扑柳飞絮，红浮桃落英。（唐白居易《春池闲泛》）

◎冶游：野游。亦指涉足歌台舞榭。下片“南陌”“东城”即冶游之地。

◎李白斗酒诗百篇，长安市上酒家眠。天子呼来不上船，自称臣是酒中仙。（唐杜甫《饮中八仙歌》）

又

床上银屏几点山，鸭炉香过琐窗寒。小云双枕恨春闲。

惜别漫成良夜醉，解愁时有翠笺还。那回分袂月初残。

◎无言匀睡脸，枕上屏山掩。（唐温庭筠《菩萨蛮》）

◎春别犹春恋，夏还情更久。罗帐为谁褰，双枕何时有？（《乐府诗集·子夜四时歌》）

◆此词为思念小云而作，当作于监许田镇时。（张草纫《二晏词笺注》）

又

绿柳藏乌静掩关，鸭炉香细琐窗闲。那回分袂月初残。

惜别漫成良夜醉，解愁时有翠笺还。欲寻双叶寄情难。

◎暂出白门前，杨柳可藏乌。（古乐府《杨叛儿》）

◆幽怨。（清陈廷焯《词则·闲情集》）

◆此篇当是原作，上一阕为改作。编者两存之。（夏敬观批语）

又

家近旗亭酒易酤，花时长得醉工夫。伴人歌笑懒妆梳。

户外绿杨春系马，床前红烛夜呼卢。相逢还解有情无。

◎黄金白璧买歌笑，一醉累月轻王侯。（唐李白《忆旧游寄谯郡元参军》）

◎行人碧溪渡，系马绿杨枝。（唐杜牧《句溪夏日送卢霈秀才归王屋山将欲赴举》）

◎呼卢：古时一种赌博游戏。

◆晏叔原长短句云："门外绿杨春系马，床前红烛夜呼卢。"盖用乐府《水调歌》云："户外碧潭春洗马，楼前红烛夜迎人。"然叔原之辞甚工。（宋吴曾《能改斋漫录》）

◆唐韩翃诗云："门外碧潭春洗马，楼前红烛夜迎人。"近世晏叔原乐府词云："门外绿杨春系马，床前红烛夜呼卢。"气格乃过本句，不谓之剽可也。（宋陆游《老学庵笔记》）

◆不恨无花，不恨无醉，恨无工夫耳。叔原可夸。（明沈际飞《草堂诗馀续集》）

◆此词上片写旗亭歌女之生涯，下片写冶游郎的豪兴，分头各自描写。"伴"字、"懒"字、"春"字、"夜"字都用得很恰当而含有深意。（张草纫《二晏词笺注》）

又

日日双眉斗画长，行云飞絮共轻狂。不将心嫁冶游郎。

溅酒滴残歌扇字，弄花熏得舞衣香。一春弹泪说凄凉。

◎见我佯羞频照影，不知身属冶游郎。（唐李商隐《蝶三首》之三。冶游郎，喜涉足歌楼舞榭的人。）

◆词家须使读者如身履其地，亲见其人，方为蓬山顶上。……晏幾道“溅酒滴残歌扇字，弄花熏得舞衣香”，直觉俨然如在目前，疑于化工之笔。（清贺裳《皱水轩词筌》）

◆作者将此一舞女之生活和内心写得如此酣畅，其自身几化为此女。盖由作者自身亦具有此种矛盾之痛苦，亦同有此舞女之个性，故能体认真切，此舞女直可认为作者己身之写照。此种写法，又较托闺情以抒己情者更亲切，因之更加动人。论者称其词顿挫，即从此等处看出也。（刘永济《唐五代两宋词简析》）

又

飞鹊台前晕翠蛾，千金新换绛仙螺。最难加意为颦多。

几处泪痕留醉袖，一春愁思近横波。远山低尽不成歌。

◎飞鹊台：指镜台，梳妆台。

◎“千金”二句：谓由于心中愁苦，常常皱眉，纵有千金买来的螺子黛，亦不能把眉毛画好。

又

午醉西桥夕未醒，雨花凄断不堪听。归时应减鬓边青。

衣化客尘今古道，柳含春意短长亭。凤楼争见路旁情。

◎风流响和韵，哀怨声凄断。（北周庾信《夜听捣衣》）

◎京洛多风尘，素衣化为缁。（晋陆机《为顾彦先赠妇二首》之一）

◆荏苒。（明沈际飞《草堂诗馀续集》）

◆此词可能作于离汴京去颍昌许田镇的途中。去时是在春天，故曰：“衣化客尘今古道，柳含春意短长亭。”三年后回京是在秋天，故《临江仙》词曰：“晓霜红叶舞归程，客情今古道，秋梦短长亭。”（张草纫《二晏词笺注》）

又

一样宫妆簇彩舟，碧罗团扇自障羞。水仙人在镜中游。

腰自细来多态度，脸因红处转风流。年

年相遇绿江头。

◎云衣不取暖，月扇未障羞。（唐李商隐《拟意》）

◎水仙：传说中的水中神仙。借指采莲女。

◎吴趋自有乐，还似镜中游。（唐虞世南《赋得吴都》）

◆此词描写一群服饰优美的采莲女子，仿佛仙女一般。叔原在商丘的几年中年年与一歌女在南湖采莲并游耍（《清平乐》词“莫愁家住溪边，采莲心事年年”，《采桑子》词“旧事年年，时节南湖又采莲”），故年年与这群采莲女子相遇。（张草纫《二晏词笺注》）

又

已拆秋千不奈闲，却随胡蝶到花间。旋寻双叶插云鬟。

几折湘裙烟缕细，一钩罗袜素蟾弯。绿窗红豆忆前欢。

◎画堂春过，悄悄落花天。最是娇痴处，尤殢檀郎，未教拆了秋千。（宋柳永《促拍满路花》）

◎素蟾：月亮。

又

闲弄筝弦懒系裙，铅华消尽见天真。眼

波低处事还新。

怅恨不逢如意酒，寻思难值有情人。可怜虚度琐窗春。

◎易求无价宝，难得有心郎。（唐鱼玄机《赠邻女》）

又

团扇初随碧簟收，画檐归燕尚迟留。靥朱眉翠喜清秋。

风意未应迷狭路，灯痕犹自记高楼。露花烟叶与人愁。

又

翠阁朱阑倚处危，夜凉闲捻彩箫吹。曲中双凤已分飞。

绿酒细倾消别恨，红笺小写问归期。月华风意似当时。

◎危：高。

◎金阶露新重，闲捻紫箫吹。（唐杜牧《杜秋娘》）

◆小山诸词，无不闲雅。后人描写闺情，大半失之淫冶。此唐、五代、北宋所以犹为近古。（清陈廷焯《词则·闲情集》）

又

唱得红梅字字香，柳枝桃叶尽深藏。遏云声里送雕觞。

才听便拚衣袖湿，欲歌先倚黛眉长。曲终敲损燕钗梁。

◎红梅：歌女名。此句赞红梅歌声之妙。

◎柳枝：白居易侍妾。

◎桃叶：王献之侍妾。

◎遏云：见《更漏子》（蕣华浓）词注。

◎敲折玉钗歌转咽，一声声作两眉愁。（唐韩偓《闺情》）

◆秦少游诗："十年逋欠僧房睡，准拟如今处处还。"又晏叔原词："唱得红梅字字香。"如"处处还"、"字字香"，下得巧。（宋吴可《藏海诗话》）

又

小杏春声学浪仙，疏梅清唱替哀弦。似花如雪绕琼筵。

腮粉月痕妆罢后，脸红莲艳酒醒前。今年《水调》得人怜。

◎浪仙：唐诗人贾岛，字浪仙。著有《长江集》。

◆据此词"似花如雪绕琼筵"句推断，此词应作于叔原落魄潦倒以前，还在春风得意之年。叔原初识疏梅，是在南

湖采莲之时（《虞美人》词“疏梅月下歌《金缕》”），可见小杏亦为南湖之歌女。（张草纫《二晏词笺注》）

又

铜虎分符领外台，五云深处彩旌来。春随红旆过长淮。

千里袴襦添旧暖，万家桃李间新栽。使星回首是三台。

◎铜虎分符：古代帝王授予臣下兵权和调发军队的信物为虎形，故称虎符。最初用玉制，后改用铜，背有铭文，剖为两半。右半留中央，左半给地方长官或统兵的将帅。调兵时朝廷使臣须持中央的半面虎符与地方长官或统帅的半面虎符验对，符合始能发兵。

◎外台：官名。

◎五云深处：指皇帝所在之地，帝京。

◎使星：使者。

◎三台：汉因秦制，以尚书为中台，御史为宪台，谒者为外台。合称三台。

◆这首词叙述一位京城高官外调为淮地长官，并预期其有良好政绩，回京后升任尚书。（张草纫《二晏词笺注》）

又

浦口莲香夜不收，水边风里欲生秋。棹

歌声细不惊鸥。

凉月送归思往事，落英飘去起新愁。可堪题叶寄东楼。

◎江楼今日送归燕，正是去年题叶时。（唐杜牧《题桐叶》）

◆托兴采莲，无不绝佳。（夏敬观批语）

◆此词写与所爱歌女一起在南湖采莲并游耍。“凉月”句谓晚上送她回家，可参阅《鹧鸪天》词：“来时浦口云随棹，采罢江边月满楼。”《清平乐》词：“谁管水流花谢，月明昨夜兰船。”末二句述别后对她的思念。（张草纫《二晏词笺注》）

又

莫问逢春能几回，能歌能笑是多才。露花犹有好枝开。

绿鬓旧人皆老大，红粱新燕又归来。尽须珍重掌中杯。

◎二月已破三月来，渐老逢春能几回？莫思身外无穷事，且尽生前有限杯。（唐杜甫《绝句漫兴九首》其四）

又

楼上灯深欲闭门，梦云归去不留痕。几

年芳草忆王孙。

向日阑干依旧绿，试将前事倚黄昏。记曾来处易消魂。

◎王孙去兮不归，春草生兮萋萋。（《楚辞》淮南小山《招隐士》）

◆此词谓叔原从长安返回汴京，重新到西楼去寻访所爱的歌女。但见楼上灯光昏暗，不像从前那样灯烛辉煌。西楼不再是歌舞场所。昔年的歌女，亦已星散。因此想到自己所爱的歌女在此苦苦地等待他，年复一年，见芳草而盼王孙归来（《少年游》词"王孙此际，山重水远，何处赋《西征》。"），而自己终于来晚了。楼上的阑干犹在。以前曾与该女在黄昏时倚阑眺望，互诉衷情。而今风物如旧，而人事已非，所以令人肠断欲绝。（张草纫《二晏词笺注》）

六幺令

绿阴春尽，飞絮绕香阁。晚来翠眉宫样，巧把远山学。一寸狂心未说，已向横波觉。画帘遮帀。新翻曲妙，暗许闲人带偷掐。

前度书多隐语，意浅愁难答。昨夜诗有回文，韵险还慵押。都待笙歌散了，记取留时霎。不消红蜡。闲云归后，月在庭花旧阑角。

◎遮帀：遮蔽严密。

◎古歌旧曲君休听，听取新翻《杨柳枝》。（唐白居易《杨柳枝》）

◎偷掐：用拇指点着别指进行暗记或推算。此指记谱。

◎回文：诗词的一种体制，字句回环往复读之，均能成诵。

◆十韵都可矜许。隐跃。（明沈际飞《草堂诗馀别集》）

◆款密竭情。（明沈际飞《草堂诗馀别集》）

◆此倒押韵之法，甚峭拔。（夏敬观批语）

◆此词为一歌女而作。除称赞该女眉式之美、歌声之妙以外，主要描写两人的心意。谓彼女之激情，已从其眼波察觉。而她寄来的信，由于多用隐语，意思不甚明显，故难以答复。昨夜她写的回文诗，又由于韵太冷僻，不好奉和。乃约她在酒阑席散之后留下来，在庭院中相会。（张草纫《二晏词笺注》）

又

雪残风信，悠飏春消息。天涯倚楼新恨，杨柳几丝碧。还是南云雁少，锦字无端的。宝钗瑶席。彩弦声里，拚作尊前未归客。

遥想疏梅此际，月底香英白。别后谁绕前溪，手拣繁枝摘。莫道伤高恨远，付与临风笛。尽堪愁寂。花时往事，更有多情个人忆。

◎风信：随时令变化的风称信风，能预告时令信息。

◆此词为在江南思念疏梅而作。谓冬去春来，仍未得疏梅书信，愁情难解，又担心疏梅另有新好。（张草纫《二晏词笺注》）

又

日高春睡，唤起懒装束。年年落花时候，惯得娇眠足。学唱宫梅便好，更暖银笙逐。黛蛾低绿。堪教人恨，却似江南旧时曲。

常记东楼夜雪，翠幕遮红烛。还是芳酒杯中，一醉光阴促。曾笑阳台梦短，无计怜香玉。此欢难续。乞求歌罢，借取归云画堂宿。

◎暖：把笙簧加热，使音质清亮。

◎阳台梦短：见《临江仙》（浅浅馀寒春半）词注。

◎归云：用巫山神女典，借喻妓女或歌女。

更漏子

槛花稀，池草遍，冷落吹笙庭院。人去

日，燕西飞，燕归人未归。

数书期，寻梦意，弹指一年春事。新怅望，旧悲凉，不堪红日长。

◎东飞伯劳西飞燕，黄姑织女时相见。（《玉台新咏·歌词二首》之一）

◎书期：书信中所约之期。

又

柳间眠，花里醉，不惜绣裙铺地。钗燕重，鬓蝉轻，一双梅子青。

粉笺书，罗袖泪，还有可怜新意。遮闷绿，掩羞红，晚来团扇风。

◎中庭自摘青梅子，先向钗头戴一双。（唐韩偓《中庭》诗。一双梅子青，指插在发髻上作为装饰的两颗青梅。）

◎闷绿：因愁闷而脸色发青。

◆“闷绿”字生。（夏敬观批语）

又

柳丝长，桃叶小，深院断无人到。红日淡，绿烟晴，流莺三两声。

雪香浓，檀晕少，枕上卧枝花好。春思

重，晓妆迟，寻思残梦时。

◎雪香：指女子洁白肌肤散发的香气。

◎檀晕：妇女眉边的浅赭色光影。

◎晓窗梦到昭华。阿琼家。欹枕残妆，一朵卧枝花。（南唐冯延巳《相见欢》词。卧枝花，此处以枕上刺绣的折枝花喻横躺在床上的女子。）

◎懒起画蛾眉，弄妆梳洗迟。（唐温庭筠《菩萨蛮》）

◆情馀言外，不必用香泽字面。（清陈廷焯《词则·闲情集》）

◆前写景，后言情，景丽而情深，《金荃集》中绝妙词也。（俞陛云《唐五代两宋词选释》）

又

露华高，风信远，宿醉画帘低卷。梳洗倦，冶游慵，绿窗春睡浓。

彩条轻，金缕重，昨日小桥相送。芳草恨，落花愁，去年同倚楼。

◎露华方照夜，云影复经春。（南朝齐王俭《春夕》。露华，指清冷的月光。）

◆曰“昨日”，曰“去年”，宛雅哀怨。（清陈廷焯《词则·闲情集》）

又

出墙花，当路柳，借问芳心谁有。红解笑，绿能颦，千般恼乱春。

北来人，南去客，朝暮等闲攀折。怜晚秀，惜残阳，情知枉断肠。

◎出墙花、当路柳：犹路柳墙花，喻妓女。

◎红解笑、绿能颦：犹能笑能颦。形容女子的媚态。

◎莫攀我，攀我太心偏。我是曲江临池柳，这人折了那人攀。恩爱一时间。（《敦煌词·望江南》）

◎春兰早芳，实忌鸣鴂；秋菊晚秀，无惮繁霜。（南朝谢惠连《连珠》。晚秀：指迟开的花。）

又

欲论心，先掩泪，零落去年风味。闲卧处，不言时，愁多只自知。

到情深，俱是怨，惟有梦中相见。犹似旧，奈人禁，偎人说寸心。

◎奈人禁：使人如何能禁受。

河满子

对镜偷匀玉筯，背人学写银钩。系谁红豆罗带角，心情正着春游。那日杨花陌上，多时杏子墙头。

眼底关山无奈，梦中云雨空休。问看几许怜才意，两蛾藏尽离愁。难拚此回肠断，终须锁定红楼。

◎谁怜双玉筯，流面复流襟。（南朝梁刘孝威《独不见》。玉筯，喻眼泪。）

◎银钩：形容书法遒劲有力。

◆此词写少女春游时在杨花陌上见到一书生，后来在墙头又多次见到他，产生了爱慕之心。"系红豆"暗示相思之意。但这仅是单恋，未被对方所知。"偷匀玉筯"指暗自流泪，"背人"句谓偷偷地写情书，但并未寄去，所以无法把自己的情意传达给对方，有如关山之隔。而梦中相会，亦属虚空。故空有怜才之意，而只能独自含愁。末二句谓虽为此肠断而难以舍却，仍须闭居于红楼之中，不能有越轨的行为。（张草纫《二晏词笺注》）

又

绿绮琴中心事，齐纨扇上时光。五陵年少浑薄幸，轻如曲水飘香。夜夜魂消梦峡，年年泪尽啼湘。

归雁行边远字，惊鸾舞处离肠。蕙楼多少铅华在，从来错倚红妆。可羡邻姬十五，金钗早嫁王昌。

◎绿绮：古琴名。

◎新裂齐纨素，鲜洁如霜雪。裁为合欢扇，团团似明月。出入君怀袖，动摇微风发。常恐秋节至，凉飙夺炎热。弃捐箧笥中，恩情中道绝。（汉班婕妤《怨诗》）

◎五陵年少争缠头，一曲红绡不知数。（唐白居易《琵琶行》。五陵年少，泛指京都富豪子弟。五陵，西汉五个皇帝的陵墓长陵、安陵、阳陵、茂陵、平陵均在渭水北岸，今陕西咸阳市附近，合称五陵。汉元帝以前，每立陵墓，辄迁徙四方富豪及外戚于此居住，令供奉园陵。因此五陵成为富豪聚居之处。）

◎曲水飘香去不归，梨花落尽成秋苑。（唐李贺《河南府试十二月乐词·三月》。曲水飘香，在水面飘流的落花。）

◎尧之二女，舜之二妃，曰湘夫人。帝崩，二妃啼，以涕挥竹，竹尽斑。（晋张华《博物志》）

◎惊鸾：形容舞姿轻盈美妙。

◎蕙楼独卧频度春，彩阁辞君几徂暑。（唐高适《秋胡行》）

◎十五嫁王昌，盈盈入画堂。自矜年最少，复倚婿为郎。舞爱《前溪》绿，歌怜《子夜》长，闲来斗百草，度日不成妆。（唐崔颢《王家少妇》。王昌，唐人艳体诗中常以王昌作为男性典型人物，其人事迹已无可稽考。）

◆此词写妓女生涯。谓其心事只能靠琴弦传达，年光在歌扇中消逝。夜夜供那些贵族子弟玩乐，又一次次被抛别，只能在眼泪中度日。她们也知道用妆粉来吸引人不是长久之计，希望能嫁给一个可靠的人，过上正常的生活。（张草纫《二晏词笺注》）

于飞乐

晓日当帘，睡痕犹占香腮。轻盈笑倚鸾台。晕残红，匀宿翠，满镜花开。娇蝉鬓畔，插一枝、淡蕊疏梅。

每到春深，多愁饶恨，妆成懒下香堦。意中人，从别后，萦系情怀。良辰好景，相思字、唤不归来。

◎鸾台：鸾镜台，妆台。

◆“插一枝、淡蕊疏梅”可能有双关之意，暗示该女即为叔原所钟情的歌女疏梅。“从别后，萦系情怀”，表明此时叔原是在江南依其五兄知止。用疏梅的口吻表示对他的思念，并对他不能回汴京共度良辰感到遗憾。（张草纫《二晏词笺注》）

愁倚阑令

凭江阁，看烟鸿。恨春浓。还有当年闻笛泪，洒东风。

时候草绿花红。斜阳外、远水溶溶。浑似阿莲双枕畔，画屏中。

◎烟鸿：在烟霭中飞翔的大雁。

◎旧时闻笛泪，今夜重沾衣。（唐司空曙《冬夜耿拾遗王秀才就宿因伤故人》诗。魏晋之间，向秀与嵇康、吕安友善。嵇、吕为司马昭所杀。向秀经过嵇康山阳旧居，闻邻人笛声，感怀亡友，作《思旧赋》。）

◆上片用向秀闻笛落泪典故，下片忆及小莲房中画屏景色，知此词为悼念已下世的沈廉叔并思念小莲而作。（张草纫《二晏词笺注》）

又

花阴月，柳梢莺。近清明。长恨去年今夜雨，洒离亭。

枕上怀远诗成。红笺纸、小砑吴绫。寄与征人教念远，莫无情。

又

春罗薄，酒醒寒。梦初残。欹枕片时云雨事，已关山。

楼上斜日阑干。楼前路、曾试雕鞍。拚却一襟怀远泪，倚阑看。

◎梦初残：谓梦似醒未醒时。

◎月没参横，北斗阑干。（三国魏曹植《善哉行》。阑干，横斜貌。）

御街行

年光正似花梢露，弹指春还暮。翠眉仙

子望归来，倚遍玉城珠树。岂知别后，好风良月，往事无寻处。

狂情错向红尘住，忘了瑶台路。碧桃花蕊已应开，欲伴彩云飞去。回思十载，朱颜青鬓，枉被浮名误。

◆此词假托天上的仙女盼望自己回去，岂知自己离开仙界后迷失方向，迷恋于红尘之中。自己十年的青春岁月为浮名所误。（张草纫《二晏词笺注》）

又

街南绿树春饶絮，雪满游春路。树头花艳杂娇云，树底人家朱户。北楼闲上，疏帘高卷，直见街南树。

阑干倚尽犹慵去，几度黄昏雨。晚春盘马踏青苔，曾傍绿阴深驻。落花犹在，香屏空掩，人面知何处。

◎雪：喻柳絮。

◎娇云：亦喻柳絮。

浪淘沙

高阁对横塘，新燕年光。柳花残梦隔潇

湘。绿浦归帆看不见，还是斜阳。

一笑解愁肠，人会娥妆。藕丝衫袖郁金香。曳雪牵云留客醉，且伴春狂。

◎好梦狂随飞絮，闲愁浓胜香醪。（宋柳永《西江月》）

◎梦随风万里，寻郎去处，又还被、莺呼起。（宋苏轼《水龙吟·次韵章质夫杨花》词）

◎近日每思归少室，故人遥忆隔潇湘。（唐刘沧《秋日夜怀》。潇湘，潇水和湘江。古诗中常以指远地江河之阻。）

◎莫指襄阳道，绿浦归帆少。（唐李贺《大堤曲》）

◎娥妆：女子妆饰。借喻女子。

◎藕丝衫子柳花裙，空着沉香慢火熏。（唐元稹《白衣裳二首》之二）

◎玉喉窱窱排空光，牵云曳雪留陆郎。（唐李贺《洛姝真珠》诗。王琦注："牵云曳雪，谓揽其衣裳而留之也。"）

◆高阁为妻子所居之处。隔潇湘，指丈夫在远地。柳花残梦可从苏轼《水龙吟·次韵章质夫杨花》词理解其意。然而丈夫未归，方留恋于秦楼楚馆，饮酒作乐。（张草纫《二晏词笺注》）

又

小绿间长红，露蕊烟丛。花开花落昔年同。惟恨花前携手处，往事成空。

山远水重重，一笑难逢。已拚长在别离

中。霜鬓知他从此去，几度春风。

◎年年岁岁花相似，岁岁年年人不同。（唐刘希夷《代悲白头翁》）

◆缠绵悱恻。（清陈廷焯《词则·别调集》）

又

丽曲《醉思仙》，十二哀弦。秾蛾叠柳脸红莲。多少雨条烟叶恨，红泪离筵。

行子惜流年，鶗鴂枝边。吴堤春水舣兰船。南去北来今渐老，难负尊前。

◎花袍白马不归来，浓蛾迭柳香唇醉。（唐李贺《洛姝真珠》）

◎只有醉吟宽别恨，不须朝暮促归程。雨条烟叶系人情。（宋晏殊《浣溪沙》）

◆词中有“离筵”、“行子”、“吴堤春水舣兰船”等词句，当作于宋神宗元丰二年（1079）叔原离开江南回汴京时所作。写歌女在离筵上含泪弹奏送别叔原情景。（张草纫《二晏词笺注》）

又

翠幕绮筵张，淑景难忘。《阳关》声巧绕雕梁。美酒十分谁与共，玉指持觞。

晓枕梦高唐，略话衷肠。小山池院竹风凉。明夜月圆帘四卷，今夜思量。

◎淑景：指美好的时光。

◎楼上四垂帘不卷，天寒山色偏宜远。（宋欧阳修《渔家傲》词）

丑奴儿

昭华凤管知名久，长闭帘栊。日日春慵。闲倚庭花晕脸红。

应说金谷无人后，此会相逢。三弄临风。送得当筵玉琖空。

◎昭华凤管：指玉箫或玉笛。

◎（桓伊）善音乐，尽一时之妙，为江左第一。有蔡邕柯亭笛，常自吹之。王徽之赴召京师，泊舟青溪侧。素不与徽之相识。伊于岸上过，船中客称伊小字曰："此桓野王也。"徽之便令人谓伊曰："闻君善吹笛，试为我奏。"伊是时已贵显。素闻徽之名，便下车踞胡床，为作三调。弄毕，便上车。客主不交一言。（《晋书·桓伊传》。后人据桓伊所作的笛曲改编成《梅花三弄》。）

◆此"说"字是唱作平声，一见便知。（夏敬观批语）

◆从"金谷无人后，此会相逢"推测，此女可能是沈廉叔家的侍女。廉叔下世后，此女流转于人间。今番叔原幸得重会此女，听其吹奏，有无限感慨。（张草纫《二晏词笺注》）

又

日高庭院杨花转，闲淡春风。莺语惺忪。似笑金屏昨夜空。

娇慵未洗匀妆手，闲印斜红。新恨重重。都与年时旧意同。

◎燕巢才点缀，莺舌最惺憁。（唐元稹《春六十韵》。惺忪，也作惺惚，惺憁。象声词，形容声音轻快。）

◎年时：当年；去年。

诉衷情

种花人自蕊宫来，牵衣问小梅。今年芳意何似，应向旧枝开。

凭寄语，谢瑶台，客无才。粉香传信，玉琖开筵，莫待春回。

◆手牵种花人之衣，询问今年蕊珠宫中梅花是否还向旧枝开，实际上是问所思女子是否仍有旧时的情意。可能叔原与她已经分别了一段时间。下片中的瑶台即谓蕊宫仙女。“客”自指，“客无才”是自谦语，表示自己庸庸碌碌，本来不配与仙女作伴。但仍期盼与其欢饮同乐，不要辜负春光。（张草纫《二晏词笺注》）

又

净揩妆脸浅匀眉，衫子素梅儿。苦无心绪梳洗，闲淡也相宜。

云态度，柳腰肢，入相思。夜来月底，今日尊前，未当佳期。

◎谪仙醉后云为态，野客吟时月作魂。（唐吴融《题兖州泗河中石床》。云态度，指态度自然。）

又

渚莲霜晓坠残红，依约旧秋同。玉人团扇恩浅，一意恨西风。

云去住，月朦胧，夜寒浓。此时还是，泪墨书成，未有归鸿。

◎紫艳半开篱菊净，红衣落尽渚莲愁。（唐赵嘏《长安晚秋》诗）

◎团扇恩浅：汉成帝班婕妤失宠，求供养太后长信宫。作《怨诗》。见《河满子》（绿绮琴中心事）词注。

◎泪墨洒为书，将寄万里亲。（唐孟郊《归信吟》）

又

凭觞静忆去年秋，桐落故溪头。诗成自写红叶，和恨寄东流。

人脉脉，水悠悠，几多愁。雁书不到，蝶梦无凭，漫倚高楼。

◎唐范摅《云溪友议》卷十载，宣宗时舍人卢渥偶临御沟，得一红叶，上题诗云："流水何太急，深宫尽日闲。殷勤谢红叶，好处到人间。"归藏于箱。后宫中放出宫女择配，卢所娶者乃是题诗之人。

◎昔者庄周梦为胡蝶，栩栩然胡蝶也。自喻适志与！不知周也。俄然觉，则蘧蘧然周也。不知周之梦为胡蝶与，胡蝶之梦为周与？（《庄子·齐物论》）因以"蝶梦"喻迷离惝恍的梦境。

又

小梅风韵最妖娆，开处雪初消。南枝欲附春信，长恨陇人遥。

闲记忆，旧江皋，路迢迢。暗香浮动，疏影横斜，几处溪桥。

◎江皋：江岸，江边。

◎疏影横斜水清浅，暗香浮动月黄昏。（宋林逋《山园小梅二首》之一）

◆即用当代人诗句入词。（夏敬观批语）

又

长因蕙草记罗裙。绿腰沉水熏。阑干曲

处人静，曾共倚黄昏。

风有韵，月无痕，暗消魂。拟将幽恨，试写残花，寄与朝云。

◎记得绿罗裙，处处怜芳草。（五代牛希济《生查子》）

◎我是梦中传彩笔，欲书花片寄朝云。（唐李商隐《牡丹》。朝云，巫山神女名。此指所忆女子。）

◆乐府《六幺》讹作《绿腰》，此则直指裙腰耳。（明卓人月《古今词统》）

又

御纱新制石榴裙，沉香慢火熏。越罗双带宫样，飞鹭碧波纹。

随锦字，叠香痕，寄文君。系来花下，解向尊前，谁伴朝云。

又

都人离恨满歌筵，清唱倚危弦。星屏别后千里，更见是何年。

骢骑稳，绣衣鲜，欲朝天。北人欢笑，南国悲凉，迎送金鞭。

◎都人：即都人子，谓美丽的女子。

◆此词写一南方郡守任满返京。官妓在离筵上倚琴瑟唱曲送别。南方子民含悲相送，而北方（指汴京）人仕将欢笑相迎。可能与《鹧鸪天》（绿橘梢头几点春）词作于同时。（张草纫《二晏词笺注》）

破阵子

柳下笙歌庭院，花间姊妹秋千。记得春楼当日事，写向红窗夜月前。凭谁寄小莲？

绛蜡等闲陪泪，吴蚕到了缠绵。绿鬓能供多少恨，未肯无情比断弦。今年老去年。

◎蜡烛有心还惜别，替人垂泪到天明。（唐杜牧《赠别》）

◎春蚕到死丝方尽，蜡炬成灰泪始干。（唐李商隐《无题》）

◆对法活泼，措词亦婉媚。（清陈廷焯《词则·闲情集》）

◆凄咽芊绵。（清陈廷焯《词则·闲情集》）

◆叔原于神宗元丰五年（1082）开始监颍昌许田镇，写此词寄小莲，时年已四十六岁左右。（张草纫《二晏词笺注》）

好女儿

绿遍西池，梅子青时。尽无端、尽日东风恶，更霏微细雨，恼人离恨，满路春泥。

应是行云归路，有闲泪、洒相思。想旗亭、望断黄昏月，又依前误了，红笺香信，翠袖欢期。

◎就中一夜东风恶，收红舍紫无遗落。（唐王建《春去曲》。恶，强烈。）

◎细雨霏微，不放双眉时暂开。（南唐李煜《采桑子》词）

◆春雨绵绵，满路泥泞，使有情人不能赴约相会，所以可恨也。男子望着歌女当时归去的路，徒洒相思之泪。并且想象该歌女在旗亭望月，心恨情人来书相约的欢期又被这雨耽误了。（张草纫《二晏词笺注》）

又

酌酒殷勤，尽更留春。忍无情、便赋馀花落，待花前细把，一春心事，问个人人。

莫似花开还谢，愿芳意、且长新。倚娇红、待得欢期定，向水沉烟底，金莲影下，睡过佳辰。

◎（绹）夜对禁中。烛尽，帝以乘舆金莲花炬送还。（《新唐书·令狐绹传》。金莲，泛指华美的灯烛。）

点绛唇

花信来时，恨无人似花依旧。又成春瘦，折断门前柳。

天与多情，不与长相守。分飞后，泪痕和酒，占了双罗袖。

◎只知解道春来瘦，不道春来独自多。（唐李商隐《赠歌妓二首》之二）

◎主父西游困不归，家人折断门前柳。（唐李贺《致酒行》）

◎东飞伯劳西飞燕，黄姑织女时相见。（《乐府诗集·东飞伯劳歌》。后因称离别为分飞或劳燕分飞。）

◆句能铸新。（明沈际飞《草堂诗馀续集》）

◆淋漓沉致。（清陈廷焯《词则·闲情集》）

又

明日征鞭，又将南陌垂杨折。自怜轻别，拚得音尘绝。

杏子枝边，倚处阑干月。依前缺，去年时节，旧事无人说。

◆“自怜”、“拚得”四字，慅悴而□伊。（明沈际飞《草堂诗馀续集》）

◆流连往复，情味自永。（清陈廷焯《词则·闲情集》）

◆ “垂杨”即“柳”，词中暗藏西溪南楼的“柳”与“杏”两个歌女的名字。参阅《少年游》“西溪丹杏……南楼翠柳”。“明日征鞭”表明次日叔原即将离去，因此在离别前夜，向二人告别。临别依依，黯然消魂，再也没有心情提起去年相聚时的旧情。（张草纫《二晏词笺注》）

又

碧水东流，漫题凉叶津头寄。谢娘春意。临水颦双翠。

日日骊歌，空费行人泪。成何计，未如浓醉，闲掩红楼睡。

◎谢娘：见《诉衷情》（数枝金菊对芙蓉）词注。

◎相逢只恨相知晚，一曲骊歌又几年。（唐李毅《浙东罢府西归酬别张广文皮先辈陆秀才》。《诗经》佚篇《骊驹》为告别时所唱的歌，后因称告别之歌为骊歌。）

又

妆席相逢，旋匀红泪歌《金缕》。意中曾许，欲共吹花去。

长爱荷香，柳色殷桥路。留人住，淡烟微雨，好个双栖处。

◎柳枝，洛中里娘也。……生十七年，涂妆绾髻未尝竟。已复起去，吹叶嚼蕊，调丝擫管，作天海风涛之曲，幽忆怨断之音。（唐李商隐《柳枝·序》。后人诗词中，为了使平仄声协调，常把“吹叶嚼蕊”改成“吹花嚼蕊”。

◎休洗红，洗多红色浅。卿卿骋少年，昨日殷桥见。封侯早归来，莫作弦上箭。（唐李贺《休洗红》）

◆情景兼写，景生于情。（清陈廷焯《词则·闲情集》）

◆“旋匀红泪”，即老《采桑子》词之“泪粉偷匀”；“欲共吹花去”，即《满庭芳》词之“南苑吹花”；“柳色殷桥路”，即《虞美人》词之“闲敲玉磴隋堤路”。可知此词为西楼歌女而作。（张草纫《二晏词笺注》）

又

湖上西风，露花啼处秋香老。谢家春草，唱得清商好。

笑倚兰舟，转尽新声了。烟波渺，暮云稀少，一点凉蟾小。

◎幽兰露，如啼眼。（唐李贺《苏小小墓》）

◎清商欲尽奏，奏苦血沾衣。（唐杜甫《秋笛》。清商，商声，古代五音之一，其声凄清悲凉，故称。）

◆此词描写晚秋时节月夜在湖中泛舟，有歌女相伴唱曲。可能指与歌女南湖采莲之事，可参阅《采桑子》（白莲池上当时月）、《清平乐》（莲开欲遍）。（张草纫《二晏词笺注》）

两同心

楚乡春晚，似入仙源。拾翠处、闲随流水，踏青路、暗惹香尘。心心在，柳外青帘，花下朱门。

对景且醉芳尊，莫话消魂。好意思、曾同明月，恶滋味、最是黄昏。相思处，一纸红笺，无限啼痕。

◎拾翠：见《渔家傲》（粉面啼红腰束素）词注。

◎已驾七香车，心心待晓霞。（唐李商隐《壬申七夕》）

◎万里桥边女校书，枇杷花下闭门居。（唐王建《寄蜀中薛涛校书》）

◎云峰峨峨自冰雪，坐对芳尊不知热。（唐李颀《夏夜张兵曹东堂》）

◆自家意味不同。（明卓人月《古今词统》）

◆不是明月较可，还是自家儿意味不同。（明沈际飞《草堂诗馀别集》）

◆藻拔。（明沈际飞《草堂诗馀别集》）

◆清词丽句，为元曲滥觞。（清陈廷焯《词则·闲情集》）

少年游

绿勾阑畔，黄昏淡月，携手对残红。纱窗影里，朦腾春睡，繁杏小屏风。

须愁别后，天高海阔，何处更相逢。幸有花前，一杯芳酒，欢计莫忽忽。

又

西溪丹杏，波前媚脸，珠露与深匀。南楼翠柳，烟中愁黛，丝雨恼娇颦。

当年此处，闻歌殢酒，曾对可怜人。今夜相思，水长山远，闲卧送残春。

◎殢酒：沉湎于酒；醉酒。

◆前三句与次三句对，作法变幻。（夏敬观批语）

◆咏杏与柳，实指名“杏”和名“柳”的两个女子。二人均为西溪南楼上的歌女。“当年”句说明与二人相识是过去的事。“今夜”句表示离别后对她们的思念。（张草纫《二晏词笺注》）

又

离多最是，东西流水，终解两相逢。浅情终似，行云无定，犹到梦魂中。

可怜人意，薄于云水，佳会更难重。细想从来，断肠多处，不与者番同。

◎躞蹀御沟上，沟水东西流。（汉卓文君《白头吟》）

◆前段两比，后段赋之。（明卓人月《古今词统》）

◆云水意相对，上分述而又总之，作法变幻。（夏敬观批语）

又

西楼别后，风高露冷，无奈月分明。飞鸿影里，捣衣砧外，总是玉关情。

王孙此际，山重水远，何处赋《西征》。金闺魂梦枉丁宁。寻尽短长亭。

◎长安一片月，万户捣衣声。秋风吹不尽，总是玉关情。何日平胡虏，良人罢远征。（唐李白《子夜吴歌四首》之三）

◎王孙：古时对男子的尊称。晏殊封临淄公，故叔原自称王孙。

◎更吹羌笛关山月，无那金闺万里愁。（唐王昌龄《从军行》）

◆此词写叔原与西楼歌女分别，前往长安。参阅《采桑子》（西楼月下当时见）、《满庭芳》（南苑吹花，西楼题叶）。（张草纫《二晏词笺注》）

又

雕梁燕去，裁诗寄远，庭院旧风流。黄花醉了，碧梧题罢，闲卧对高秋。

繁云破后，分明素月，凉影挂金钩。有人凝澹倚西楼，新样两眉愁。

◎黄花：黄花酒的简称。即菊花酒。

◎去年桐落故溪上，把叶因题归燕诗。（唐杜牧《题桐叶》诗）

◎金钩：喻月。

◆此首为上首“西楼别后”第二年秋天忆念西楼歌女而作。谓飞燕传书为旧时之风流韵事，自己饮醉后亦在梧叶上题诗。云破月来，见月影而想象西楼歌女此时亦双蛾颦蹙，倚楼遥盼。（张草纫《二晏词笺注》）

虞美人

闲敲玉镫隋堤路，一笑开朱户。素云凝澹月婵娟，门外鸭头春水、木兰船。

吹花拾蕊嬉游惯，天与相逢晚。一声长笛倚楼时。应恨不题红叶、寄相思。

◎醉把金船掷，闲敲玉镫游。（唐张祜《少年乐》。玉镫，马镫的美称。）

◎婵娟湘江月，千载空蛾眉。（唐刘长卿《琴曲歌辞·湘妃》）。婵娟，形容月色明媚。）

◎残星数点雁横塞，长笛一声人倚楼。（唐赵嘏《长安晚秋》）

◆此词中之“素云凝澹”，犹《少年游》之“有人凝澹倚西楼”；“吹花拾蕊嬉游惯”，犹《满庭芳》之“南苑吹花，西楼题叶，故园欢事重重”；“应恨不题红叶、寄相思”，犹《满庭芳》之“浅情未有、锦字系征鸿”。可见此词亦为思念西楼歌女而作，回忆当时骑马去歌女家。两人情投

意合，相见恨晚。而此时叔原在长安倚楼远望，闻笛声而思念西楼歌女，恨歌女不来信以慰相思之情。（张草纫《二晏词笺注》）

又

飞花自有牵情处，不向枝边坠。随风飘荡已堪愁，更伴东流流水、过秦楼。

楼中翠黛含春怨，闲倚阑干见。远弹双泪惜香红，暗恨玉颜光景、与花同。

◎春物牵情不奈何，就中杨柳态难过。（唐孙鲂《柳》）

◆此词写酒楼歌女见落花随流水飘泊而引起身世之感。（张草纫《二晏词笺注》）

又

曲阑干外天如水，昨夜还曾倚。初将明月比佳期，长向月圆时候、望人归。

罗衣着破前香在，旧意谁教改。一春离恨懒调弦，犹有两行闲泪、宝筝前。

又

疏梅月下歌《金缕》，忆共文君语。更

谁情浅似春风，一夜满枝新绿、替残红。

蘋香已有莲开信，两桨佳期近。采莲时节定来无？醉后满身花影、倩人扶。

◎莫愁在何处？莫愁石城西。艇子打两桨，催送莫愁来。（古乐府《莫愁乐》）

◎觉后不知明月上，满身花影倩人扶。（唐陆龟蒙《和袭美春夕酒醒》）

◆“替”字妙。（明卓人月《古今词统》）

◆因听疏梅歌《金缕曲》而回忆起曾一起在南湖采莲的歌女（词中以“文君”指代）。《金缕曲》中有“花开堪折直须折，莫待无花空折枝”之语，意谓应抓紧时间及时行乐。今莲花将开，相会之佳期已近，盼其采莲时节，能前来一聚。按：“情浅似春风”、“新绿替残红”或暗指该歌女薄情，已另有新欢。歇拍言自己喝得酩酊大醉，不能举步时，犹望其相扶。（张草纫《二晏词笺注》）

又

玉箫吹遍烟花路，小谢经年去。更教谁画远山眉，又是陌头风细、恼人时。

时光不解年年好，叶上秋声早。可怜蝴蝶易分飞，只有杏梁双燕、每来归。

◎故人西辞黄鹤楼，烟花三月下扬州。（唐李白《送孟浩然之广陵》）

◎二十四桥明月夜，玉人何处教吹箫。（唐杜牧《寄扬州韩绰判官》）

◎小谢：指谢灵运之从弟谢惠连。此为叔原自喻。

◎敞无威仪……又为妇画眉，长安中传张京兆眉怃。（《汉书·张敞传》）

◎燕子双双，依旧衔泥入杏梁。（宋晏殊《采桑子》词）

又

秋风不似春风好，一夜金英老。更谁来凭曲阑干？惟有雁边斜月、照关山。

双星旧约年年在，笑尽人情改。有期无定是无期，说与小云新恨、也低眉。

◎双星旧约：指牛郎、织女七夕相会。

◆此词作于监许田镇时。离汴京时曾与小云相约，待任满回京再见（《临江仙》词“云鸿相约处，烟雾九重城”）。而如今归期未定，故云“有期无定是无期”，小云将不免为此而恼恨。（张草纫《二晏词笺注》）

又

小梅枝上东君信，雪后花期近。南枝开尽北枝开，长被陇头游子、寄春来。

年年衣袖年年泪，总为今朝意。问谁同

是忆花人，赚得小鸿眉黛、也低颦。

◎东君：司春之神。东君信，春天的消息。

◎“长被”句：见《瑞鹧鸪》（越娥红泪泛朝云）词注。

◆小鸿是叔原友人沈廉叔或陈君龙家的侍儿，叔原与之分离，是在监许田镇时。词为别后思念小鸿而作。“年年衣袖年年泪”，指分别非指一年。“同是忆花人”，叔原指自己与小鸿。二人都爱花，如今花将开而不能同赏，故泪下沾襟，想小鸿亦为之双眉颦蹙矣。（张草纫《二晏词笺注》）

又

湿红笺纸回文字，多少柔肠事？去年双燕欲归时，还是碧云千里、锦书迟。

南楼风月长依旧，别恨无端有。倩谁横笛倚危阑，今夜《落梅》声里、怨关山。

◎双燕欲归时节，银屏昨夜微寒。（宋晏殊《清平乐》）

◎日暮碧云合，佳人殊未来。（南朝梁江淹《杂体三十首·休上人怨别》）

◎碧云又阻来信，廊上月侵门。（宋王益《诉衷情》）

◎羌笛横吹《阿亸回》，向月楼中吹《落梅》。（唐李白《司马将军歌》。落梅，即《梅花落》，古笛曲名。）

◎更吹羌笛《关山月》，无那金闺万里愁。（唐王昌龄《从军行》）

◆此词有“南楼风月常依旧”之句，可知为“南楼翠柳”而作，谓去年春天接到该歌女迟迟才来的书信，信中有许多倾诉柔肠之语。（《阮郎归》词云：“一春犹有数行书，秋来更疏。”）别后思念，常闻《落梅》之曲而恨关山之远隔。（张草纫《二晏词笺注》）

又

一弦弹尽《仙韶》乐，曾破千金学。玉楼银烛夜深深，愁见曲中双泪、落香襟。

从来不奈离声怨，几度朱弦断。未知谁解赏新音，长是好风明月、暗知心。

◎行一綦不足以见智，弹一弦不足以见悲。（《淮南子》。一弦而能弹尽《仙韶》之乐曲，足见其弹奏之妙。此反用其意。）

◎银烛秋光冷画屏，轻罗小扇扑流萤。（唐杜牧《秋夕》）

◎一声《何满子》，双泪落君前。（唐张祜《何满子》）

采桑子

秋千散后朦胧月，满院人闲。几处雕阑，一夜风吹杏粉残。

昭阳殿里春衣就，金缕初干。莫信朝寒，明日花前试舞看。

◆此词描写宫女寂寞无聊的生活。上片写宫女除偶作秋千戏之外，无所事事，而春光易逝，红颜易老。下片谓春衣刚就，不管春寒犹峭，急着穿衣试舞，犹冀以此博得君王的喜爱。（张草纫《二晏词笺注》）

又

花前独占春风早，长爱江梅。秀艳清杯，芳意先愁凤管催。

寻香已落闲人后，此恨难裁。更晚须来，却恐初开胜未开。

◎清杯：清酒。指在花前饮酒。

◎“芳意”句：句谓怕闻笛声，担心梅花被其催落。凤管，指笛。笛曲有《梅花落》。

又

芦鞭坠遍杨花陌，晚见珍珍。疑是朝云，来作高唐梦里人。

应怜醉落楼中帽，长带歌尘。试拂香茵，留解金鞍睡过春。

◎（生）尝游东市还。自平康东门入，将访友于西南。至鸣珂曲，见一宅，门庭不甚广而室宇严邃。阖一扉，有娃方凭一双鬟青衣立，妖姿要妙，绝代未有。生忽见之，不

觉停骖久之，徘徊不能去。乃诈坠鞭于地，候其从者，敕取之。累眄于娃。娃回眸凝睇，情甚相慕。（唐白行简《李娃传》）

◎（嘉）后为征西桓温参军，温甚重之。九月九日温燕龙山，寮佐毕集。时佐吏并着戎服。有风至，吹嘉帽堕落。嘉不之觉。温使左右勿言，欲观其举止。嘉良久如厕，温令取还之，命孙盛作文嘲嘉，着嘉坐处。嘉还见，即答之。其文甚美，四座嗟叹。（《晋书·孟嘉传》。落帽，后用以形容文人作风潇洒，有才气。）

◎长带歌尘：表示经常听歌。

◆此词写骑马游春时遇见一歌女而生爱慕之意。由于歌女怜才，故常去听歌，并留宿于歌女之处。（张草纫《二晏词笺注》）

又

日高庭院杨花转，闲淡春风。昨夜匆匆，颦入遥山翠黛中。

金盆水冷菱花净，满面残红。欲洗犹慵，弦上啼乌此夜同。

◎弦上啼乌：古琴曲有《乌夜啼》。句谓欲抚琴解闷，而所奏《乌夜啼》之琴音，犹如夜间啼泣之声。

又

征人去日殷勤嘱，莫负心期。寒雁来

时，第一传书慰别离。

轻春织就机中素，泪墨题诗。欲寄相思，日日高楼看雁飞。

◎秋风明月独离居，荡子从戎十载馀。征人去日殷勤嘱，归雁来时数寄书。（《全唐诗》卷二十七载无名氏《伊州歌》第一）

又

花时恼得琼枝瘦，半被残香。睡损梅妆，红泪今春第一行。

风流笑伴相逢处，白马游缰。共折垂杨，手捻芳条说夜长。

◎琼枝：喻女子肌体。

◎青青御路杨，白马紫游缰。（晋杂歌谣辞《太和中百姓歌》）

◆上片写丈夫别后，妻子孤衾独卧，对着半边的空床，因思念泪痕满面，肌肤消瘦。下片谓丈夫冶游，遇见中意的美人，共执柳枝而长夜谈笑。（张草纫《二晏词笺注》）

又

春风不负年年信，长趁花期。小锦堂西，红杏初开第一枝。

碧箫度曲留人醉，昨夜归迟。短恨凭谁，莺语殷勤月落时。

◎度曲：按曲谱演奏或歌唱。

◆小锦堂为听歌之地。箫声悦耳，故殢酒迟归。归家已在月落之时，忽闻呖呖莺声，而感到孤单寂寞。片时之愁思，不知如何排遣。（张草纫《二晏词笺注》）

又

秋来更觉消魂苦，小字还稀。坐想行思，怎得相看似旧时。

南楼把手凭肩处，风月应知。别后除非，梦里时时得见伊。

◎教我行思坐想，肌肤如削。（宋柳永《凤凰阁》）

◎更莫登楼，坐想行思已是愁。（宋张先《偷声木兰花》）

◎隔帘灯影闭门时，此情风月知。（宋张先《醉桃源》）

◆此词为思念“南楼翠柳”而作。“小字还稀”，犹《阮郎归》词“一春犹有数行书，秋来书更疏”也。“南楼把手凭肩处，风月应知”，犹《虞美人》词“南楼风月长依旧，别恨无端有”也。参阅《少年游》（西溪丹杏）词。（张草纫《二晏词笺注》）

又

谁将一点凄凉意，送入低眉。画箔闲垂，多是今宵得睡迟。

夜痕记尽窗间月，曾误心期。准拟相思，还是窗间记月时。

◎夜痕：夜间月光照在窗上的影痕。随着月亮的移动，窗上的影痕也移动，表示时间的消逝。句谓彻底不眠，望着窗前月影的推移。

又

宜春苑外楼堪倚，雪意方浓。雁影冥濛。正共银屏小景同。

可无人解相思处，昨夜东风。梅蕊应红，知在谁家锦字中。

◎冥濛：幽暗不明，模糊不清。

又

白莲池上当时月，今夜重圆。曲水兰船，忆伴飞琼看月眠。

黄花绿酒分携后，泪湿吟笺。旧事年年，时节南湖又采莲。

◆此词为思念与叔原同在南湖采莲的歌女而作。今夜重见圆月当空，不禁回忆起当年在南湖与歌女泛舟采莲的往事，不胜伤感。参阅《清平乐》（莲开欲遍）、《留春令》（采莲舟上）。（张草纫《二晏词笺注》）

又

高吟烂醉淮西月，诗酒相留。明日归舟，碧藕花中醉过秋。

文姬赠别双团扇，自写银钩。散尽离愁，携得清风出画楼。

◎淮西：指淮南西路，为宋太宗至道年间分设的十五路之一。治所在扬州。

◎文姬：蔡文姬，此处借指官妓。

又

前欢几处笙歌地，长负登临。月幌风襟，犹忆西楼着意深。

莺花见尽当时事，应笑如今。一寸愁心，日日寒蝉夜夜砧。

◎月幌风襟：月光照着的帷幕，风吹动衣襟。

◆此词谓旧时常在歌楼酒肆饮酒听歌，今已久不涉足。而西楼情事，尚深深地萦记在胸怀之中。当年情事，莺

花可证。而如今只有蝉鸣和砧声与我相伴，益增愁闷。（张草纫《二晏词笺注》）

又

无端恼破桃源梦，明日青楼。玉腻花柔，不学行云易去留。

应嫌衫袖前香冷，重傍金虬。歌扇风流，遮尽归时翠黛愁。

◎玉腻花柔：形容女子肌肤光滑柔软。

◎金虬：龙形铜香炉。

◆“明日”似应从另本作“明月”。此句以下叙述梦中情景：在月光下，青楼中，与一歌女相会，情好甚笃，不像巫山神女，片刻即逝。我离去的时候，她还用歌扇遮盖着含愁的眉黛。中间插入“应嫌”二句，描写相处时的细节，使内涵更为饱满，而语句亦更为舒坦。（张草纫《二晏词笺注》）

又

年年此夕东城见，欢意匆匆。明日还重，却在楼台缥缈中。

垂螺拂黛清歌女，曾唱相逢。秋月春风，醉枕香衾一岁同。

◎垂螺：一对螺髻垂于额畔，为古代少女发式。

◆上片“年年此夕”，按通篇词意，应依另本作“年时此夕”，谓去年此夕与一女子相见，而欢聚之期不长。今年此夕，该女已为富豪之家所有。下片说明该女为歌女，与叔原相好仅有一年时间。（张草纫《二晏词笺注》）

又

双螺未学同心绾，已占歌名。月白风清，长倚昭华笛里声。

知音敲尽朱颜改，寂寞时情。一曲《离亭》，借与青楼忍泪听。

◎未学同心绾：表示情窦未开，未到谈情说爱的年纪。同心，同心结，旧时用锦带编成连环回文样式的结子，用以象征坚贞的爱情。

◆此词写一善歌之妓女，年轻时早已闻名，而年华老大后已无人赏音，只能让位给年轻的歌女。（张草纫《二晏词笺注》）

又

西楼月下当时见，泪粉偷匀。歌罢还颦，恨隔炉烟看未真。

别来楼外垂杨缕，几换青春。倦客红尘，长记楼中粉泪人。

◎手种堂前垂柳，别来几度青春。（宋欧阳修《朝中措》）

◆此词回忆初见西楼歌女时情景。后来叔原去长安，与该女分别数年，时常思念。参阅《少年游》（西楼别后）。（张草纫《二晏词笺注》）

又

非花非雾前时见，满眼娇春。浅笑微颦，恨隔垂帘看未真。

殷勤借问家何处，不在红尘。若是朝云，宜作今宵梦里人。

◎花非花，雾非雾。夜半来，天明去。来如春梦不多时，去似朝云无觅处。（唐白居易《花非花》）

◎娇春：娇媚的春情。

又

当时月下分飞处，依旧凄凉。也会思量，不道孤眠夜更长。

泪痕揾遍鸳鸯枕，重绕回廊。月上东窗，长到如今欲断肠。

◎懒拂鸳鸯枕，休缝翡翠裙。（唐温庭筠《南歌子》）

◆此词用女子口吻叙述。与情人月下分离后，孤单凄寂，自然会引起思念。孤衾独宿，长夜难眠，鸳鸯枕上，满

是泪痕。不得已起身，步入回廊，见月上东窗，更觉夜长难遣，简直令人肠断。（张草纫《二晏词笺注》）

又

湘妃浦口莲开尽，昨夜红稀。懒过前溪，闲舣扁舟看雁飞。

去年谢女池边醉，晚雨霏微。记得归时，旋折新荷盖舞衣。

◎湘妃：舜二妃娥皇、女英。相传二妃没于湘水，遂为湘水之神。湘妃浦口，泛指水边。

◎舣：使船靠岸。

◆意新。（夏敬观批语）

◆此词谓采莲时节已过，而过去同游之歌女未来赴约，故懒去前溪，独自停舟看鸿雁飞翔。下片回忆去年与该女同游时情景。（张草纫《二晏词笺注》）

又

别来长记西楼事，结遍兰襟。遗恨重寻，弦断相如绿绮琴。

何时一枕逍遥夜，细话初心。若问如今，也似当时着意深。

◎结遍兰襟：谓长萦结于心胸。

◎相如：汉司马相如。

◆此词亦为西楼歌女而作。谓分别后西楼情事长记于胸怀。今重思旧情，不能自已，有如琴弦之断裂。下片表示希望有一天能够重续旧欢，在枕上细诉心曲。自己至今还与以前一样满怀深情。参阅《采桑子》词："月幌风襟，犹忆西楼着意深。"（张草纫《二晏词笺注》）

又

红窗碧玉新名旧，犹绾双螺。一寸秋波，千斛明珠觉未多。

小来竹马同游客，惯听清歌。今日蹉跎，恼乱工夫晕翠蛾。

◎绿珠井在白州双角山下。昔梁氏之女有容貌，石季伦为交趾采访使，以圆珠三斛买之。（《太平广记》）

◎妾发初覆额，折花门前剧。郎骑竹马来，绕床弄青梅。同居长干里，两小无嫌猜。（唐李白《长干行》）

◆此词写一歌女年幼时容貌美丽，为人所爱赏。如今已年华老大，但由于有一从小就喜欢听她唱歌的人来访问，所以特地梳妆打扮一番。此女或指小蕊，参阅《南乡子》词（小蕊受春风）。（张草纫《二晏词笺注》）

又

昭华凤管知名久，长闭帘栊。闻道春慵，方倚庭花晕脸红。

可怜金谷无人后，此会相逢。三弄临风，送得当筵玉盏空。

又

金风玉露初凉夜，秋草窗前。浅醉闲眠，一枕江风梦不圆。

长情短恨难凭寄，枉费红笺。试拂么弦，却恐琴心可暗传。

◎由来碧落银河畔，可要金风玉露时。（唐李商隐《辛未七夕》。金风玉露，秋风和白露。借指秋天。）

◆语意俱新。（夏敬观批语）

又

心期昨夜寻思遍，犹负殷勤。齐斗堆金，难买丹诚一寸真。

须知枕上尊前意，占得长春。寄语东邻，似此相看有几人。

◎占得长春：谓永远美好。

◆“须知”二句，谓两人在枕上尊前应长保相好。“寄语”二句，谓可以向宋玉东邻之女说，像这样多情的女子，世间不可多得。（张草纫《二晏词笺注》）

踏莎行

柳上烟归，池南雪尽，东风渐有繁华信，花开花谢蝶应知，春来春去莺能问。

梦意犹疑，心期欲近，云笺字字萦方寸，宿妆曾比杏腮红，忆人细把香英认。

◎真成薄命久寻思，梦见君王觉复疑。（唐王昌龄《长信秋词五首》之四）

◎朱唇一点桃花殷，宿妆娇羞偏髻鬟。（唐岑参《醉戏窦子美人》）

◆春去春来，莺蝶能知，反衬远别的女友是否能如期回来，却无从询问，不能肯定。女友曾有信来，言相见之期已近，但感到仍不定心。回想起当时女友的残妆，像杏花一样娇红，现在只能仔细审看杏花以慰思念之情。（张草纫《二晏词笺注》）

又

宿雨收尘，朝霞破暝，风光暗许花期定，玉人呵手试妆时，粉香帘幕阴阴静。

斜雁朱弦，孤鸾绿镜，伤春误了寻芳兴，去年今日杏墙西，啼莺唤得闲愁醒。

◎清晨帘幕卷轻霜，呵手试梅妆。（宋欧阳修《诉衷情》）

◎二八月轮蟾影破，十三弦柱雁行斜。（唐李商隐《昨日》）

又

绿径穿花，红楼压水，寻芳误到蓬莱地。玉颜人是蕊珠仙，相逢展尽双蛾翠。

梦草闲眠，流觞浅醉，一春总见瀛洲事。别来双燕又西飞，无端不寄相思字。

◎流觞：泛指在水边饮酒。

◆词以蓬莱仙境比作女子居所，以蕊珠仙女比作所寻访之女子。“闲眠”、“浅醉”，在仙山度过了整个春天。然别后未收到该女的信。按词意推测，该女可能即西楼歌女。叔原初见该女（《采桑子》词“西楼月下当时见”）后，不久就去她家中寻访（《虞美人》词“闲敲玉镫隋堤路。一笑开朱户。素云凝澹月婵娟。门外鸭头春水、木兰船”）。时间都是在春天，“相逢展尽双眉翠”，亦犹“一笑开朱户”。“别来双燕又西飞，无端不寄相思字”，则与此时该女在汴京而叔原已西去长安之事实，及《满庭芳》词“别来久，浅情未有、锦字系征鸿”之词意亦相符。（张草纫《二晏词笺注》）

又

雪尽寒轻，月斜烟重，清欢犹记前时共。迎风朱户背灯开，拂檐花影侵帘动。

绣枕双鸳，香苞翠凤，从来往事都如梦。伤心最是醉归时，眼前少个人人送。

◎待月西厢下，迎风户半开。拂墙花影动，疑是玉人来。（《西厢记》崔莺莺答张生诗）

满庭芳

南苑吹花，西楼题叶，故园欢事重重。凭阑秋思，闲记旧相逢。几处歌云梦雨，可怜便、流水西东。别来久，浅情未有，锦字系征鸿。

年光还少味，开残槛菊，落尽溪桐。漫留得，尊前淡月西风。此恨谁堪共说，清愁付、绿酒杯中。佳期在，归时待把，香袖看啼红。

◆柔情蜜意。（清陈廷焯《词则·闲情集》）

◆此词亦为西楼歌女而作。叔原在《采桑子》（西楼月下当时见）词中叙述了与该女相识的情景，又在《少年游》（西楼别后）词中说明了他们分别的情由。“吹花”“题叶”指他们在一起相聚之乐，犹《踏莎行》词之“梦草闲眠，流觞浅醉”。“别来久，浅情未有、锦字系征鸿”，则犹“别来双燕又西飞，无端不寄相思字”也。下片写别后的思念，以及盼望能早日回京与她重见。（张草纫《二晏词笺注》）

留春令

画屏天畔，梦回依约，十洲云水。手捻红笺寄人书，写无限、伤春事。

别浦高楼曾漫倚。对江南千里。楼下分流水声中，有当日、凭高泪。

◎梦回：梦醒时。

◆晁元忠诗："安得龙湖潮，驾回安河水。水从楼前来，中有美人泪。人生高唐观，有情何能已。"晏小山《留春令》全用其语。（明杨慎《词品》）

◆于人如此认取，何必红绡里来。（明卓人月《古今词统》）

◆晏小山《留春令》"楼下分流水声中，有当日、凭高泪"二语，亦袭冯延巳《三台令》"流水。流水。中有伤心双泪"。宋人所承如是，但乏质茂气耳。（清郑文焯《评小山词》）

◆叔原曾于宋神宗元丰元年（1078）往江南依附其五兄知止，此词为回京后思念江南女友而作。上片写梦醒后思念，寄书以表情意。下片谓自己曾登楼遥望江南，想象楼下水流中有当日两人凭阑叙别时流下的眼泪。（张草纫《二晏词笺注》）

又

采莲舟上，夜来陡觉，十分秋意。懊恼寒花暂时香，与情浅、人相似。

玉蕊歌清招晚醉。恋小桥风细。水湿红裙酒初消，又记得、南溪事。

◆此词叙述南湖采莲之事。“情浅人”指以前曾与叔原相好，并一起采莲游赏的歌女，这一次她爽约不来，（《虞美人》词“更谁情浅似春风”，《临江仙》词“去年花下客，今似蝶分飞”。）故叔原十分伤感。下片指莲舟上另一歌女（玉蕊）招饮，红裙为水溅湿，又使他想起当年与歌女所恋同游之事。盖旧情难忘，触景生悲。（张草纫《二晏词笺注》）

又

海棠风横，醉中吹落，香红强半。小粉多情怨花飞，仔细把、残香看。

一抹浓檀秋水畔。缕金衣新换。鹦鹉杯深艳歌迟，更莫放、人肠断。

◎檀：檀晕，妇女化妆时在眉旁涂抹成浅赭色的光影。
◎艳歌迟：谓艳歌之声舒缓曼长。

风入松

柳阴庭院杏梢墙，依旧巫阳。凤箫已远青楼在，水沉谁、复暖前香。临镜舞鸾离照，倚筝飞雁辞行。

坠鞭人意自凄凉，泪眼回肠。断云残雨当年事，到如今、几处难忘。两袖晓风花陌，一帘夜月兰堂。

◎巫阳：巫山之阳。见《临江仙》（浅浅馀寒春半）注。

◎朝千悲而掩泣，夜万绪而回肠。（南朝陈徐陵《在北齐与杨仆射书》）

◎断云残雨：指欢情结束。

◆“柳阴”四句谓曾与一女子相会，如楚襄王在巫山之阳梦见神女，而如今该女已离去。下片回忆往事，旧情难忘。晓风花陌，夜月兰堂，谓朝思暮想也。（张草纫《二晏词笺注》）

又

心心念念忆相逢，别恨谁浓。就中懊恼难拚处，是擘钗、分钿匆匆。却似桃源路失，落花空记前踪。

彩笺书尽浣溪红，深意难通。强欢殢酒图消遣，到醒来、愁闷还重。若是初心未改，多应此意须同。

◎浣溪：即浣花溪，在四川成都市西郊，为锦江支流。唐薛涛命匠人取浣花溪水造纸，为深红彩笺，名浣花笺，又名薛涛笺。

清商怨

庭花香信尚浅，最玉楼先暖。梦觉春衾，江南依旧远。

回文锦字暗剪，漫寄与、也应归晚。要问相思，天涯犹自短。

◎香信：开花的期信，犹花期。

◎最：犹正，恰。

◎细雨梦回鸡塞远，小楼吹彻玉笙寒。（南唐李璟《摊破浣溪沙》）

◆梦生于情，“依旧”二字中，一波三折。艳词至小山，全以情胜。后人好作淫亵语，又小山之罪人也。（清陈廷焯《词则·闲情集》）

◆此词写女子（或指疏梅）思念江南的情人（叔原自己）。谓庭中之花尚未开，而楼上之人已有春意。梦中与身处江南的情人相会，而一梦醒来，江南仍远隔千里。徒然寄书催归，而归期仍遥。故相思之情，比天涯之路更长。即《碧牡丹》词“静忆天涯，路比此情犹短”之意。（张草纫《二晏词笺注》）

秋蕊香

池苑清阴欲就，还傍送春时候。眼中人去难欢偶，谁共一杯芳酒。

朱阑碧砌皆如旧，记携手。有情不管别

离久，情在相逢终有。

又

歌彻郎君秋草，别恨远山眉小。无情莫把多情恼，第一归来须早。

红尘自古长安道，故人少。相思不比相逢好，此别朱颜应老。

◆此词用西楼歌女的口吻叙述送别叔原去长安。“郎君”指叔原。上片谓唱罢叔原所作的告别之词，即含愁送行，并希望叔原不要忘情，早日归来。下片作安慰之语。长安无多故人，想必叔原在那里会感到孤寂。而且别后相思，会使人衰老。（张草纫《二晏词笺注》）

思远人

红叶黄花秋意晚，千里念行客。飞云过尽，归鸿无信，何处寄书得。

泪弹不尽临窗滴。就砚旋研墨。渐写到别来，此情深处，红笺为无色。

◎晚收红叶题诗遍，秋待黄花酿酒浓。（唐许浑《长庆寺遇常州阮秀才》）

◎红叶黄花秋又老，疏雨更西风。（宋张先《少年游》）

◆笺则一时无色，字则三岁不灭。（明卓人月《古今词统》）

◆就“泪”、“墨”二字渲染成词，何等姿态。（清陈廷焯《词则·闲情集》）

◆凡倒押韵处，皆峭绝。（夏敬观批语）

◆末二句不说己之悲哀，而言红笺都为之无色，亦慧人妙语也。（唐圭璋《唐宋词简释》）

碧牡丹

翠袖疏纨扇，凉叶催归燕。一夜西风，几处伤高怀远。细菊枝头，开嫩香还遍。月痕依旧庭院。

事何限，怅望秋意晚。离人鬓华将换。静忆天涯，路比此情犹短。试约鸾笺，传素期良愿。南云应有新雁。

◎伤高怀远几时穷，无物似情浓。（宋张先《一丛花令》）

◎鬓华虽改心无改，试把金觥。旧曲重听，犹似当年醉里声。（宋欧阳修《采桑子》）

◎清赏非素期，偶游方自得。（唐韦应物《与幼遐君贶兄弟同游白家竹潭》。素期，心期。）

长相思

长相思，长相思。若问相思甚了期，除

非相见时。

长相思，长相思。欲把相思说似谁，浅情人不知。

◎对面不言情脉脉。烟水隔。无人说似长相忆。（宋欧阳修《渔家傲》词）

◆晏小山《长相思》云（词略），此亦小山集中别调，与其年赠别杨枝之作，笔墨相近。（清陈廷焯《白雨斋词话》）

◆此为小山集中别调，而缠绵往复，姿态有馀。（清陈廷焯《词则·闲情集》）

醉落魄

满街斜月，垂鞭自唱《阳关》彻。断尽柔肠思归切。都为人人，不许多时别。

南桥昨夜风吹雪，短长亭下征尘歇。归时定有梅堪折。欲把离愁，细捻花枝说。

◎景阳宫里钟初动，不语垂鞭上柳堤。（唐温庭筠《赠知音》诗）

◆词写离别女友后的愁绪。"梅堪折"，或暗指疏梅。《清平乐》词："折得疏梅香满袖，暗喜春红依旧。"《菩萨蛮》词："江南未雪梅花白，忆梅人是江南客。"可相互参照。（张草纫《二晏词笺注》）

又

鸾孤月缺，两春惆怅音尘绝。如今若负当时节。信道欢缘，枉向衣襟结。

若问相思何处歇，相逢便是相思彻。尽饶别后留心别。也待相逢，细把相思说。

◎孤鸾，喻没有配偶或夫妻离散的人。鸾已孤，月已缺，表示有情人已经分离。

◎彻：了结。

◎尽饶：犹任凭，尽管。

◎留心别：谓别有着意的人，别有所恋。

◆“鸾孤”二句指与情人分别已经两年，还没有接到音信。“如今”二句谓如果你现在辜负当年的情意，那末当时枉把深情萦系于胸怀。“若问”二句表示，至于我对你的相思之情，只有到相逢时才能了结。“尽饶”二句谓尽管你已别有所恋，我也要在相逢时对你倾诉相思之情。叔原之情痴，于此可见。（张草纫《二晏词笺注》）

又

天教命薄，青楼占得声名恶。对酒当歌寻思着，月户星窗，多少旧期约。

相逢细语初心错，两行红泪尊前落。霞觞且共深深酌。恼乱春宵，翠被都闲却。

◆以为恶者，怨辞也。（夏敬观批语）

◆此词写歌妓的生涯和心境。谓由于天生薄命，身为妓女，得到了坏名声。在唱歌侑酒之时，细细思索，曾与不少富家子弟约会订盟，结果都落空。她向叔原诉说自己当初错误的意愿，不禁凄然泪下。由于回思往事，心情烦恼，无法入睡。唐罗隐《赠钟陵妓》诗云："钟陵一别十馀春，重见云英掌上身。我未成名君未嫁，可知俱是不如人。"叔原亦有"同是天涯沦落人"之感欤。（张草纫《二晏词笺注》）

又

休休莫莫，离多还是因缘恶。有情无奈思量着。月夜佳期，近写青笺约。

心心口口长恨昨，分飞容易当时错。后期休似前欢薄。买断青楼，莫放春闲却。

◎休休莫莫：罢了，罢了。

◎买断青楼：意指为青楼女子赎身。

◆此词以妓女的口吻叙述。将离多归咎于"因缘恶"，实是怨恨之词。尽管冶游之人都只贪朝夕之欢，并无缔结良缘之意，但她还是对一人产生了感情，故写信约他共度月夜佳期。结果还是分离了，她悔恨以前错爱了人。因此希望以后遇到的人不要像前人那样薄情，能替她赎身，永远相好。（张草纫《二晏词笺注》）

望仙楼

小春花信日边来，未上江楼先坼。今岁东君消息，还自南枝得。

素衣染尽天香，玉酒添成国色。一自故溪疏隔，肠断长相忆。

◎十月小春梅蕊绽。（宋欧阳修《渔家傲》）

◎坼：指植物花芽绽开。

◎东君：司春之神。借指春天。

◎会春暮内殿赏牡丹花，上（唐文宗）颇好诗，因问修己曰："今京邑传唱牡丹花诗，谁为首出？"修己对曰："臣尝闻公卿间多吟赏中书舍人李正封诗曰：国色朝酣酒，天香夜染衣"。上闻之，嗟赏移时。（唐李浚《松窗杂录》）

◆"南枝得"表明所咏为梅花。"天香"、"国色"，系借牡丹之色凸出一个"红"字，指所咏不是一般的梅花，而是红梅。最后写因梅花而引起思乡之情。（张草纫《二晏词笺注》）

凤孤飞

一曲画楼钟动，宛转歌声缓。绮席飞尘满，更少待、金蕉暖。

细雨轻寒今夜短，依前是、粉墙别馆。端的欢期应未晚，奈归云难管。

◎歌声缓：谓歌声舒缓。此处指由于歌唱时间久，歌者感到疲乏。

◎飞尘：见《少年游》（芙蓉花发去年枝）词注。

◎金蕉：即金蕉叶，酒杯名。

◎当上苑柳浓时，别馆花深处。（宋柳永《黄莺儿》）

◆“别馆”谓在别人家中，可能指沈廉叔或陈君龙之家。彻夜饮酒听歌，已近黎明，歌女们已感疲乏，而叔原兴犹未尽，嫌良宵太短，欢期未晚，欲待温酒再饮，但毕竟是别人家的侍儿，她们要回去，叔原不能做主。参阅《临江仙》词：“当时明月在，曾照彩云归。”（张草纫《二晏词笺注》）

西江月

愁黛颦成月浅，啼妆印得花残。只消鸳枕夜来闲，晓镜心情便懒。

醉帽檐头风细，征衫袖口香寒。绿江春水寄书难，携手佳期又晚。

◎啼妆晓不干，素面凝如雪。（五代韦庄《闺怨》）

◎自悲临晓镜，谁与惜流年。（唐杜牧《代吴兴妓春初寄薛军事》）

◆此词上下片分头对写。上片描写思妇含愁悲啼，懒于梳妆。下片写丈夫离家日久，衣上旧香已消，又因寄书不易，且不能早日归家，只能借酒消愁。（张草纫《二晏词笺注》）

又

南苑垂鞭路冷，西楼把袂人稀。庭花犹有鬓边枝。且插残红自醉。

画幕凉催燕去，香屏晓放云归。依前青枕梦回时。试问闲愁有几。

◎把袂相看衣共缁，穷愁只是惜良时。（唐刘长卿《送贾三北游》。把袂，拉住衣袖。表示亲昵。）

◆此词亦为西楼歌女而作。叔原从长安回到汴京，已找不到该女。见庭中有如该女当年所插之花，因折下插在自己头上，聊以自慰。“燕去”、“云归”，伊人已杳，独宿孤眠，当青枕梦回之时，愁思无限。（张草纫《二晏词笺注》）

武陵春

绿蕙红兰芳信歇，金蕊正风流。应为诗人多怨秋，花意与消愁。

梁王苑路香英密，长记旧嬉游。曾看飞琼戴满头，浮动舞《梁州》。

◎金蕊：指菊花。

◎悲哉，秋之为气也，萧瑟兮，草木摇落而变衰……憯凄增欷兮，薄寒之中人。（战国楚宋玉《九辩》）

◎露下晚蝉愁，诗人旧怨秋。（唐李端《送客赴江陵寄郢州郎士元》）

又

九日黄花如有意，依旧满珍丛。谁似龙山秋兴浓，吹帽落西风。

年年岁岁登高节，欢事旋成空。几处佳人此会同，今在泪痕中。

◎汝南桓景随费长房游学累年。长房谓曰："九月九日汝家中当有灾。宜急去，令家人各作绛囊，盛茱萸以系臂，登高，饮菊花酒，此祸可除。"景如言，齐家登山。夕还，见鸡犬牛羊一时暴死。长房闻之曰："此可代也。"今世人九日登高饮酒，妇人带茱萸囊，盖始于此。（南朝梁吴均《续齐谐记》）

又

烟柳长堤知几曲，一曲一魂消。秋水无情天共遥，愁送木兰桡。

熏香绣被心情懒，期信转迢迢。记得来时倚画桥，红泪满鲛绡。

◎鄂君怅望舟中夜，绣被焚香独自眠。（唐李商隐《碧城三首》之二）

◎期信：相约之期。

解佩令

玉阶秋感，年华暗去。掩深宫、团扇无绪。记得当时，自剪下、机中轻素。点丹青、画成秦女。

凉襟犹在，朱弦未改，忍霜纨、飘零何处。自古悲凉，是情事、轻如云雨。倚幺弦、恨长难诉。

◎秦女：指弄玉，相传为秦穆公女，嫁善吹箫者箫史，后夫妻两人乘凤凰飞去成仙。

◎纨扇如团月，出自机中素。画作秦王女，乘鸾向烟雾。（南朝梁江淹《杂体诗三十首·班婕妤咏扇》）

行香子

晚绿寒红，芳意匆匆。惜年华、今与谁同。碧云零落，数字征鸿。看渚莲凋，宫扇旧，怨秋风。

流波坠叶，佳期何在，想天教、离恨无穷。试将前事，闲倚梧桐。有消魂处，明月夜，粉屏空。

◎碧云零落：隐含友人离散之意。

◎数字征鸿：指雁行排成的字。隐含见雁行而思念离人之意。

◎昔年无限伤心事，依旧东风。独倚梧桐。闲想闲思到晓钟。（南唐冯延巳《采桑子》）

◆亦不为极工，然不可废此，即词之规模。（清先著、程洪《词洁》）

庆春时

倚天楼殿，升平风月，彩仗春移。鸾丝凤竹，《长生调》里，迎得翠舆归。

雕鞍游罢，何处还有心期。浓熏翠被，深停画烛，人约月西时。

◎月上柳梢头，人约黄昏后。（宋欧阳修《生查子》词）

◆此词描写皇帝春游毕，在彩仗和丝竹声中回宫，并指出他另有约会。有人熏好绣被，安放画烛，等待他夜间前去幽会。据词意，可能指当时流传的宋徽宗与李师师之间的情事。（张草纫《二晏词笺注》）

又

梅梢已有，春来音信，风意犹寒。南楼暮雪，无人共赏，闲却玉阑干。

殷勤今夜，凉月还似眉弯。尊前为把，桃根丽曲，重倚四弦看。

◎凉月如眉挂柳湾，越中山色镜中看。（唐戴叔伦《兰溪棹歌》）

◎歌翻南国桃根曲，马过章台杏叶鞯。（宋钱惟演《公子》诗。桃根，晋王献之侍妾。泛指年轻女子。）

◆此词为思念南楼歌女而作。自己已离别南楼，再不能与她一起倚阑共赏南楼雪景。夜间凉月，如伊人之眉黛。思而不见，故重试将伊人过去所唱之曲，倚弦弹唱。（张草纫《二晏词笺注》）

喜团圆

危楼静锁，窗中远岫，门外垂杨。珠帘不禁春风度，解偷送馀香。

眠思梦想，不如双燕，得到兰房。别来只是，凭高泪眼，感旧离肠。

◎窗中列远岫，庭际俯乔林。（南朝谢朓《郡内高斋闲望答吕法曹》。远岫，远山。）

忆闷令

取次临鸾匀画浅，酒醒迟来晚。多情爱惹闲愁，长黛眉低敛。

月底相逢花下见，有深深良愿。愿期信、似月如花，须更教长远。

◎取次：随意，草草。

◎翠黛眉低敛，红珠泪暗销。（唐白居易《恨词》诗）

◎似月如花：谓期信应像月之升沉圆缺、花之适时开放一样有准信。

梁州令

莫唱《阳关曲》，泪湿当年金缕。离歌自古最消魂，闻歌更在魂消处。

南楼杨柳多情绪，不系行人住。人情却似飞絮。悠扬便逐春风去。

◎离歌凄妙曲，别操绕繁弦。（唐骆宾王《送王明府参选赋得鹤》）

◎早是人情飞絮薄，可堪时令太行寒。（唐李咸用《依韵修睦上人山居十首》之六）

◆此词有“南楼杨柳多情绪，不系行人住”之句，可知是为“南楼翠柳”而作。“人情”二句指自己将离去。（张草纫《二晏词笺注》）

燕归梁

莲叶雨，蓼花风，秋恨几枝红。远烟收尽水溶溶，飞雁碧云中。

衷肠事。鱼笺字，情绪年年相似。凭高双袖晚寒浓，人在月桥东。

◎江徼多佳景，秋吟兴未穷。送来松槛雨，半是蓼花风。（唐李咸用《登楼值雨二首》之二。蓼花风，指秋风。）

◎溶溶：水流盛大貌。

◎江空无畔，凌波何处，月桥边、青柳朱门。（宋张先《行香子》）

◆此词可能为思念同在南湖采莲之歌女而作，此时该女已与叔原分手，而叔原犹未能忘情。（张草纫《二晏词笺注》）

胡捣练

小亭初报一枝梅，惹起江南归兴。遥想玉溪风景，水漾横斜影。

异香直到醉乡中，醉后还因香醒。好是玉容相并，人与花争莹。

◎疏影横斜水清浅，暗香浮动月黄昏。（宋林逋《山园小梅二首》之一）

◆宋神宗元丰元年（1078）叔原往江南依附其五兄知止。初春见梅花开放，引起思乡之情。见梅忆人，想象梅花与汴京的歌女疏梅相比，花与人面同样光洁。（《菩萨蛮》词："江南未雪梅花白，忆梅人是江南客。"）（张草纫《二晏词笺注》）

扑蝴蝶

风梢雨叶，绿遍江南岸。思归倦客，

寻芳来最晚。酒边红日初长，陌上飞花正满。凄凉数声弦管。怨春短。

玉人应在，明月楼中画眉懒。鱼笺锦字，多时音信断。恨如去水空长，事与行云渐远。罗衾旧香馀暖。

◆旧词高雅，非近世所及。如扑蝴蝶一词，不知谁作，非惟藻丽可喜，其腔调亦自婉美。（宋胡仔《苕溪渔隐丛话》）

◆此词可能作于上一首词之后不久。思归倦客，叔原自指。寻芳来晚，意谓自己滞留江南，未能及早与疏梅相会。下片之玉人指疏梅，想象此时她在楼中梳妆，并怨她多时不来信。罗衾犹带旧香，而相隔之日越来越远，故引以为恨。（张草纫《二晏词笺注》）

丑奴儿

夜来酒醒清无梦，愁倚阑干。露滴轻寒。雨打芙蓉泪不干。

佳人别后音尘悄，瘦尽难拚。明月无端。已过红楼十二间。

谒金门

溪声急，无数落花漂出。燕子分泥蜂酿

蜜，迟迟艳风日。

须信芳菲随失，况复佳期难必。拟把此情书万一，愁多翻阁笔。

◎分泥：指燕子衔泥垒窝。

◎春日迟迟，采蘩祁祁。（《诗经·豳风·七月》。迟迟，形容阳光温暖。）

【晏幾道词集】

总评

王铚《默记》 贺方回遍读唐人遗集，取其意以为诗词。然所得在善取唐人遗意，不如晏叔原尽见升平气象，所得为人情物态。叔原妙在得于妇人，方回妙在得词人遗意。

李清照《词论》 乃知（词）别是一家，知之者少。后晏叔原、贺方回、秦少游、黄鲁直出，始能知之。又晏苦无铺叙，贺苦少典重，秦即专主情致，而少故实。譬如贫家美女，虽极妍丽丰逸，而终乏富贵态。黄即尚故实，而多疵病。譬如良玉有瑕，价自减半矣。

王灼《碧鸡漫志》 叔原词如金陵王、谢子弟，秀气胜韵，得之天然，殆不可学。

陈振孙《直斋书录解题》 《小山集》一卷，晏幾道叔原撰。其词在诸名胜中，独可追逼《花间》，高处或过之。

王又华《古今词论》 王元美曰：李氏、晏氏父子、耆卿、子野、美成、少游、易安至矣，词之正宗也。温、韦艳而促，黄九精而刻，长公丽而壮，幼安辩而奇，又其次也。词之变体也。

郭麐《灵芬馆词话》 叔原自许续南部馀绪，故所作足闯《花间》之室。以视《珠玉集》无愧也。

周济《宋四家词选目录序论》 晏氏父子仍步温韦。小晏精力尤胜。

刘熙载《词概》 叔原贵异，方回赡远，耆卿细贴，少游清远。四家词趣各别，惟尚婉则同耳。

杜文澜《憩园词话》 （周稚珪）所选《心日斋十六家词》，专取唐宋，而以元之张蜕岩殿焉。其论曰：词之有令，唐五代尚矣。宋惟晏叔原最擅胜场，贺方回差堪接武。其馀间有一二名作流传，然皆非专门之学。自兹以降，专工慢词，不复措意令曲。其作令曲，仍与慢词声响无异。

陈廷焯《词坛丛话》 晏小山词风流绮丽，独冠一时。又：北宋之晏叔原，南宋之刘改之，一以韵胜，一以气胜。别于清真、白石外，自成大家。

陈廷焯《白雨斋词话》　《诗》三百篇，大旨归于无邪。北宋晏小山工于言情，出元献、文忠之右。然不免思涉于邪，有失风人之旨。而措词婉妙，则一时独步。又卷七：晏元献、欧阳文忠皆工词，而皆出小山下。专精之诣，固应让渠独步。然小山虽工词，而卒不能比肩温韦，方驾正中者，以情溢词外，未能意蕴言中也。故悦人易而复古则不足。又：李后主、晏叔原皆非词中正声，而其词则无人不爱，以其情胜也。情不深而为词，虽雅不韵，何足感人。

冯煦《蒿庵词话》　淮海、小山，真古之伤心人也。其淡语皆有味，浅语皆有致。求之两宋词人，实罕其匹。子晋欲以晏氏父子追配李氏父子，诚为知音。

王国维《人间词话》　冯梦华《宋六十一家词选》序例谓："淮海、小山，古之伤心人也。其淡语皆有味，浅语皆有致。"余谓此唯淮海足以当之。小山矜贵有馀，但可方驾子野、方回，未足抗衡淮海也。

吴梅《词学通论》第七章《概论》　余谓艳词自以小山为最，以曲折娇婉，浅处皆深也。

况周颐《蕙风词话》　晏叔原词自序曰："始时沈十二廉叔、陈十君龙家有莲、鸿、蘋、云，清讴娱客。"廉叔、君龙，殆亦风雅之士，竟无篇阕流传，并其名亦不可考。宋兴百年已还，凡著名之词人，十九《宋史》有传，或附见父若兄传。大都黄阁鉅公，乌衣华胄。即名位稍逊者，亦不获二三焉。当时词称极盛，乃至青楼之妙姬，秋坟之灵鬼，亦有名章俊语，载之曩籍，流为美谈。万不至章甫缝掖之士，尺板斗食者流，独无含咀宫商，规抚秦、柳者。矧天子右文，群公操雅提倡，甚非无人，而卒无补于湮没不彰，何耶？国初顾梁汾有言，燠凉之态浸淫而入于风雅，良可浩叹。即北宋词人以观，盖此风由来旧矣。即如叔原，其才庶几跨灶，其名殆犹恃父以传。夫传不传亦何足重轻之有。唯是自古迄今，不知埋没几许好词，而其传者或反不如不传者之可传，是则重可惜耳。又云：《小山词》从《珠玉》出，而成就不同，体貌各具。《珠玉》比花中之牡丹，《小山》其文杏乎。

夏敬观《吷庵词评》 晏氏父子嗣响南唐二主，才力相敌。盖不特辞胜，尤有过人之情。叔原以贵人暮子，落拓一生。华屋山邱，身亲经历，哀丝豪竹，寓其微痛纤悲，宜其造诣又过于父。山谷谓为狎邪之大雅，豪士之鼓吹，未足以尽之也。

陈匪石《声执》 至于北宋小令，近承五季。慢词蕃衍，其风始微。晏殊、欧阳修、张先固雅负盛名，而砥柱中流，断非幾道莫属。

又 珠玉、小山、子野、屯田、东山、淮海、清真，其词皆神于炼，不似南宋名家针线之迹未灭尽也。